HAYMON verlag

Gustav Ernst

Grundlsee

Roman

kultur steiermark
WIEN KULTUR

Gedruckt mit freundlicher Unterstützung durch
die Kulturabteilungen des Landes Steiermark und
der Stadt Wien.

Auflage:
4
2016 2015 2014 2013

HAYMON verlag
Innsbruck-Wien
www.haymonverlag.at

ISBN 978-3-7099-7045-4

Umschlag- und Buchgestaltung, Satz:
hœretzeder grafische gestaltung, Scheffau/Tirol
Coverfoto: www.shutterstock.com/Kletr

Gedruckt auf umweltfreundlichem,
chlor- und säurefrei gebleichtem Papier.

Da, schau, ruft meine Frau und lässt die Gabel fallen, da, schau, schnell! Ich versuche mich zu erinnern, was da ist, was da war. Was war da? Was hat sie so begeistert? Was hätte ich in diesem Moment sehen sollen, weil es im nächsten schon vorbei war? Sehe ich es? Hab ich es gesehen? Bin ich schnell genug gewesen?

In der Früh, ich möchte noch schlafen, kommen die Kinder zu uns ins Bett. Ich möchte noch schlafen, sage ich. John legt sich auf meine Brust. Er ist sieben. Papa, bitte kitzeln, sagt er. Hast du nicht gehört, sagt meine Frau, Papa will noch schlafen. Kitzeln kann er mich ja trotzdem, sagt John. Aufpassen, sagt meine Frau, Lili schläft noch. Die ist sicher tot, sagt John.

Bella ist fünf. Oder vier? Sie ergreift Lilis Hand. Lass sie, sagt meine Frau, sie schläft. Lili schlägt die Augen auf. Sie schläft nicht, sagt Bella. Sie stinkt, sagt John. Meine Frau sagt: Sie muss gewickelt werden. Machst du das?, sagt sie zu mir. Papa muss mich kitzeln, sagt John. Mich auch, sagt Bella und legt sich auf John. Ich kitzle beide. Sie lachen und schlagen um sich. Aufpassen auf Lili, sagt meine Frau. Jetzt passt doch auf Lili auf, sagt sie. John klammert sich an mich. Bella klammert sich an John. Ihr seid mir zu schwer, sage ich, ich krieg keine Luft. Nein, sagt John, wir sind ganz leicht. Ja, sagt Bella, wir fliegen. Und Papa fliegt mit, sagt John. Und Mama auch, sagt Bella. Und Lili bleibt da, sagt John. Nein, sagt Bella, Lili fliegt mit. Lili kommt in mein Körbchen, Lili kommt mit.

John steckt seinen Kopf unter meine Achsel. Bellas Körper klatscht auf meine Brust. Jetzt bin ich bei Papa, sagt sie. Ihr Gesicht ist ganz nah. Sie schaut mir in die Augen und grinst. Ich betrachte ihr Muttermal unter dem rechten Auge: ein winziger Punkt auf einer makellosen Haut. Hier ist es schön warm, sagt John.

Hier auch, sagt Bella und drückt ihren Kopf unter mein Kinn. Warum hast du so viele Haare auf der Brust?, sagt sie. Mama, sagt sie, warum hat Papa so viele Haare auf der Brust? Du hast ja auch keine.

Papa, zu mir drehen, sagt John. Nein, sagt Bella, Papa dreht sich zu mir. Sie nimmt meinen Kopf und dreht ihn zu sich. Unfair, sagt John, ich war zuerst, nimmt meinen Kopf und dreht ihn zu sich. Zu dir hat er eh die ganze Zeit geschaut, sagt Bella, nimmt meinen Kopf und dreht ihn zu sich. Ist nicht wahr, sagt John, nimmt meinen Kopf und will ihn zu sich drehen, aber Bella lässt ihn nicht los. Au, sage ich, ihr reißt mir ja den Kopf ab. Lasst doch den Papa in Ruh, sagt meine Frau.

Lili schreit. Was schreit sie denn so, sagt John. Sie muss gewickelt werden, sagt meine Frau. Deswegen muss sie nicht so schreien, sagt er. Du hast auch so geschrien, sagt meine Frau. Ich hab nicht so geschrien, sagt John. Du hast auch so geschrien, sagt Bella. Nein, sagt John, ich hab nicht so geschrien. Oh doch, sagt Bella. Du warst ja gar nicht dabei, sagt John, du warst ja noch gar nicht auf der Welt. Trotzdem hast du auch so geschrien, sagt Bella. Papa, sagt John, sag ihr, dass ich nicht so geschrien hab. Außerdem ist sie hungrig, sagt meine Frau.

Meine Frau dreht sich zu mir. Sie sagt: Wir haben wirklich Glück mit dem Wetter. Ja, sage ich. Über Lili und Bella hinweg küssen wir uns. Nicht mich anhauchen, sagt meine Frau. Ich hauche nicht, sage ich, ich küsse. Sie sagt: Aber zwischendurch hauchst du. Ich sage: Zwischendurch muss ich hauchen. Aber bitte nicht vorm Zähneputzen, sagt meine Frau. Bella drängt sich mit ihrem Kopf zwischen uns und küsst uns abwechselnd. Aufpassen auf Lili, sagt meine Frau. Lili will auch küssen, sagt Bella und küsst sie.

Meine Frau sagt: Heut machen wir einen Ausflug. Nein, sagt Bella, keinen Ausflug. Doch, sagt meine Frau. Wieso einen Ausflug?, sagt John. Weil es schön ist draußen, sagt meine Frau. Dann fahren wir an den Sommersbergersee, sagt Bella. Nicht immer Sommersbergersee, sagt meine Frau. Warum nicht immer Sommersbergersee, sagt Bella, wenn es so schön ist? Heut nicht, sagt meine Frau. Bitte, Mama, sagt Bella. Nein, sagt meine Frau. John sagt: Ich will auch an den Sommersee. Der heißt Sommersbergersee, sagt meine Frau. Dann will ich auch an den Sommersbergersee, sagt John. Bitte, Mama, sagt Bella. Aber warum denn schon wieder?, sagt meine Frau. Bella sagt: Weil es dort so einen guten Schweinsbraten gibt.

Wir müssen auf, Lili wickeln, sagt meine Frau. Nein, sagt John. Er wälzt sich auf mich, dann auf Bella. Wir sind im Sturm, sagt er. Er ruft: Wir gehen unter! Er ruft: Da die Haie, überall Haie! Er zieht seine Beine an. Er klammert sich an uns. Wir klammern uns aneinander. Aufpassen auf Lili, ruft meine Frau. Der Sturm bläst, die Wellen gehen hoch. Ich werde von einer

Seite auf die andere geworfen. John kippt über Bord und hängt mit dem Oberkörper ins Wasser. Er streckt die Arme aus. Hilfe, ruft er, ich ertrinke! Ein Hai, ruft Bella, da, ein Hai! Ein Hai, rufe ich, Achtung! Wir müssen ihn retten!, ruft Bella. Ihr sollt auf Lili aufpassen, ruft meine Frau. Hilfe!, ruft John. Schnell, ruft Bella, der Hai! Sie zerrt an Johns Pyjamajacke. John klammert sich an das Leintuch. Er versucht sich am Leintuch hochzuziehen. Aber das Leintuch gibt nach, und er rutscht weiter ins Wasser. Hilfe, ruft er, ich versinke! Am Leintuch, rufe ich Bella zu, du musst am Leintuch ziehen! Am Leintuch, ruft meine Frau. Und Bella zieht am Leintuch, aber sie schafft es nicht, John mit dem Leintuch aus dem Wasser zu ziehen. Ich schaffe es nicht!, ruft sie. Mama, Papa, ruft John verzweifelt, der Hai! Wir ziehen alle am Leintuch. Eins, zwei, drei, rufe ich, ziehen! Eins, zwei, drei, rufe ich noch einmal, ziehen! Und wir ziehen und ziehen, und Bella schreit, und John schreit, und meine Frau schreit: Aus, da ist Lili dazwischen!, und knapp bevor der Hai zubeißen kann, schaffen wir es. Gerettet!, ruft John. Aber da, ruft Bella, die Flut! Hilfe, die Flut!, und schon wird sie von der Flut erfasst und ins Meer gerissen. Hilfe, ruft sie, Papa, Mama, Hilfe! Und die Wellen schlagen hoch über ihr zusammen. Ich ertrinke!, schreit sie. Halt dich fest, rufe ich, hier halt dich fest!, und sie hält sich fest, meine Frau hält mich fest und John uns beide. Der Hai!, ruft John. Papa, der Hai, schon wieder der Hai!, ruft er und packt Bella am Bein. Au, ruft Bella, mein Bein! Er lässt es los. Nein, ruft Bella, nicht loslassen! Papa, ruft John, sie wird vom Hai gefressen! Ich will nicht gefressen werden, ruft Bella, Papa, ich will nicht gefressen werden! Ich fasse sie unter der Achsel, John zerrt an ihrem Nachthemd. Eins, zwei, drei, los!, rufe ich, und mit einem Ruck ziehen wir sie heraus aus dem stürmischen Meer, keinen Augenblick zu früh, denn schon ist der Hai da mit seinem offenen Maul und den spitzen Zähnen. Ausgetrickst, ruft John, ausgetrickst!, und schlägt mit dem Polster nach ihm. Da hast du, du Bestie!, ruft er und lacht. Genau, ruft Bella lachend und wirft mit einer Windel nach ihm, uns kriegst du nicht! Stimmt's, Papa, uns kriegt er nicht! Hallo, ruft meine Frau, das ist Lilis Windel!

Ich wickle Lili. Heut könnten wir um den See gehen, sagt meine Frau. Um welchen See?, sage ich. Um den Grundlsee, sagt sie. Sie sagt: Wir gehen um den See und essen in der Fischerhütte. Ich will Elektroboot fahren, sagt John. Zuerst gehen wir um den See, sagt meine Frau. John sagt: Zuerst Elektroboot fahren. Meine Frau sagt: Zuerst ziehst du dich an. Welche Hose?, sagt John. Meine Frau sagt: Sie liegt vor dir. Bella sagt: John nimmt mir die Nutella weg. John, sagt meine Frau, du sollst dich anziehen. Ich bin noch nicht mit dem Frühstück fertig, sagt John. Bella sagt: Papa, er nimmt sich die ganze Nutella.

Ich bereite das Fläschchen für Lili. Ich spritze mir etwas Milch auf den Puls, um zu prüfen, ob sie zu heiß ist. Mama, sagt John, da ist keine Hose. Meine

Frau sagt: Die war doch gerade noch da. Sie sagt: Ständig verschwindet alles. Sie ist wütend. Sie sagt: Ihr müsst endlich lernen, auf eure Sachen selber aufzupassen. Sie bückt sich und holt die Hose unter dem Tisch hervor. Sie hält sie John vor das Gesicht. Sie sagt: Und was ist das? Sie sagt: Blindes Huhn. Blindes Huhn, sagt Bella. Ich bin kein blindes Huhn, sagt John. Du bist ein blindes Huhn, sagt Bella. Papa, sagt John, Bella sagt, ich bin ein blindes Huhn. Bist du auch, sagt Bella. Ich bin kein blindes Huhn, sagt John und hebt das Messer, ich bin ein Mensch.

Ich gebe Lili das Fläschchen. Sie trinkt hastig. Sie schaut mich mit großen Augen an. Ich schaue ihr in die Augen. Ich denke: Was denkt sie? Auf dem Fläschchen steht: Happy dogs NUK. Abgebildet sind ein gelber Hund, ein weißer Hund, ein Babyhund mit blauen Flecken, ein roter Hund und ein braun getupfter Dackel ganz oben. Ich sage: Wer zuerst angezogen ist, kriegt ein Ricola.

Wir gehen hinunter zum Ufer des Sees. Lili sitzt in einem Traggestell auf meinem Rücken. Schön ist der See am Morgen, sagt meine Frau. Ja, sage ich. Wir gehen an der Schiffstation, am Gasthaus, an den Elektrobooten vorbei. Papa, sagt John. Ja, sage ich. John sagt: Was ist, wenn wir dann kein Elektroboot mehr kriegen? Wir kriegen schon eins, sagt meine Frau. Und wenn nicht, sagt John. Wir kriegen eines, sage ich. Bella sagt: Ich habe Durst. Meine Frau sagt: Jetzt gibt es nichts zu trinken. Aber wenn ich Durst habe, sagt Bella. Dann hättest du zu Hause getrunken, sagt meine Frau. Bella sagt: Ich hab aber jetzt erst Durst. Es gibt aber jetzt nichts, schreit meine Frau, und Schluss!

Auf der Grünfläche breiten die Ersten ihre Handtücher und Matten aus. Wir biegen links auf den Weg ein, der um den See führt. Mein Sohn sagt: Mir ist heiß. Meine Frau sagt: Wir sind gleich im Wald. Wie weit ist es noch bis zur Fischerhütte?, sagt meine Tochter.

Meine Frau sagt: Ist es nicht schön hier? Ja, sage ich. Einmal möcht ich auf diesen Berg gehen, sagt sie und zeigt auf den Berg. Ich möchte dort oben sein und hinunterschauen. Es soll sehr schön sein, meint Bettina, sagt meine Frau, von dort oben hinunterzuschauen. Sie sagt: Wann warst du das letzte Mal mit mir auf einem Berg? Ich weiß nicht, sage ich, es ist lange her. Ja, sagt sie, es ist lange her. Aber vielleicht gelingt es uns diesmal, sagt sie, wenn das Wetter schön bleibt. Was?, sage ich. Auf einen Berg zu gehen, sagt sie, auf diesen zum Beispiel. Willst du nicht? Du weißt, sage ich, ich bin kein Bergsteiger. Ich weiß, sagt sie, trotzdem. Und die Kinder?, sage ich. Was ist mit den Kindern? Ohne Kinder, sagt sie.

Ich laufe, hopse und wiehere. Lili auf meinem Rücken ist entzückt. Sie hält sich an meinen Haaren fest. Hüo, Chaplin, hüo!, ruft Bella und läuft neben uns her. Sie hat eine Gerte und treibt mich an. Sie liebt Pferde. Sie reitet sehr gut. Chaplin ist ihr Lieblingspferd. Papa, ruft Bella, ich möchte auch einmal. Du bist mir zu schwer, sage ich. Ich bin nicht zu schwer, ruft Bella. Ich bin nicht Chaplin, sage ich, ich bin Papa. Du bist Chaplin, ruft Bella, hüo, Chaplin! Sie treibt mich an. Ich springe wiehernd über Steine und Wurzeln. Lili jauchzt. Ich komme außer Atem. Chaplin wird müde, sage ich. Chaplin wird nicht müde, ruft Bella, hüo! Chaplin hinkt, sage ich, Chaplin hat sich einen Dorn eingetreten. Ich hinke und sage: Au. Armer Chaplin, sagt Bella und streichelt mich. Dann wirf Lili ab, sagt John. Chaplin wirft niemanden ab, sagt Bella, Chaplin ist ein gutes Pferd.

Meine Frau sagt: Bettina hat immer die unmöglichsten Männer. Der letzte war ständig bei Huren. Der jetzige sagt, er lebt in Scheidung, lässt sich aber nicht scheiden. Wo sind denn die Kinder, sage ich, siehst du sie? John, Bella, ruft meine Frau. Wir gehen schneller. Sie sitzen auf einer Bank. Was ist denn?, sagt meine Frau. Los, weiter! Mir tun die Füße weh, sagt Bella. Das wird schon wieder aufhören, sagt meine Frau. Ich hab Hunger, sagt John. Ein Stück noch, sagt meine Frau, dann essen wir was. Aber wenn ich Hunger hab, sagt John. Ich hab auch Hunger, sagt Bella. Meine Frau sagt: Ich hab geglaubt, dir tun die Füße weh. Bella sagt: Mir tun die Füße weh, und ich hab Hunger. Und Durst, sagt John, Durst hab ich auch. Dauernd habt ihr was anderes, sagt meine Frau, wir gehen jetzt und Schluss. Ich würde auch ganz gern Lili abstellen, sage ich, für einen Moment. Meine Frau sagt: Soll ich sie nehmen? Nein, sage ich, ich will sie nur kurz abstellen. Ich kann sie gern nehmen, sagt meine Frau. Nein, sage ich. Ich sage: Ich stell Lili ab, wir essen was, und dann nehm ich sie wieder. Willst du auch was essen?, sagt meine Frau. Warum nicht, sage ich. Meine Frau stöhnt auf. Sie sagt: Mit euch einen Ausflug machen, ist wirklich das Letzte. Sie hilft mir das Traggestell von der Schulter zu heben. Mein Rücken ist schweißnass. Ah, sage ich und strecke mich.

Meine Frau teilt die Brote aus. Im Nu sind sie gegessen. Gibt es noch eins, sagt John. Nein, sagt meine Frau. Nimm meins, sage ich und gebe es ihm. Ich will auch, sagt Bella. Teilt es euch, sage ich. Nicht so viel, schreit Bella und reißt John das Brot aus der Hand. Das ist gemein, schreit sie. Schrei nicht herum, sage ich. Wenn er einen so großen Bissen nimmt, schreit Bella. Jetzt hör auf, sagt meine Frau. Du bist gemein, schreit Bella, Papa hat gesagt, wir sollen teilen. Ich hab geteilt, sagt John und grinst. Du hast das größere Stück, schreit Bella, schau, er hat das größere Stück. Ist auch geteilt, sagt John und grinst. Das ist nicht geteilt, schreit Bella, du hast das größere Stück. Aufhören, sage ich. Wenn er gemein ist, schreit Bella. Da ist noch ein Apfel, sage ich. Ich will keinen Apfel, schreit Bella, ich will ein Brot. Aus jetzt, sagt meine Frau, es gibt keines mehr. Weil er es mir weggegessen hat, schreit Bella, weil er gemein ist.

Lili schläft. Meine Frau geht neben mir und rückt Lili immer den Kopf zurecht, wenn er zu weit auf die Seite rutscht. Sie sagt: Heut könnt ich sie wieder erwürgen, die zwei. Sie sagt: Was aus den beiden einmal werden wird. Wieso?, sage ich. Sie sagt: Stellst du dir nie die Frage, was aus den beiden einmal werden wird? Eigentlich nicht, sage ich. Ich schon, sagt sie, wieso du nicht? Ist es denn nicht zu früh dazu?, sage ich. Finde ich nicht, sagt meine Frau. Sie sagt: Mit John läuft es nicht, wie es laufen sollte. Lass ihn, sage ich. Das sagst du immer, sagt meine Frau. Sie sagt: Er ist noch im Kindergarten, er träumt, er hat keinen Lerneifer. Das kommt schon, sage ich. Ohne Lerneifer, sagt sie, kommt gar nichts. Meine Frau sagt: Er macht keine Hausübungen. Wenn ich ihn frage, hast du eine Hausübung, sagt er, nein. Und schon ist er bei seinen Pokémon-Karten. Dann gehe ich in die Schule und höre, er hat wieder drei Hausübungen nicht gemacht. Ich weiß, sage ich. Meine Frau sagt: Er macht sie nicht, weil sie ihm Schwierigkeiten bereiten. Er weicht Schwierigkeiten aus. Aber das Leben besteht aus Schwierigkeiten. Sei nicht so streng, sage ich, das wird schon. Meine Frau sagt: Du nimmst das nicht ernst. Ich nehme das ernst, sage ich. Nein, sagt sie, du nimmst das nicht ernst. Du weißt es zwar, aber du nimmst es nicht ernst. Wieso nehme ich das nicht ernst?, sage ich. Ich sage: Ich nehme es ernst, aber ich dramatisiere nicht. Wer dramatisiert denn?, sagt sie. Du, sage ich, du dramatisierst. Ich dramatisiere nicht, sagt meine Frau, aber ich sehe, wie andere arbeiten in seinem Alter. Andere interessieren mich nicht, sage ich. Sollten dich aber interessieren, sagt sie. Er ist doch noch in der Volksschule, sage ich. In der Volksschule, sagt meine Frau, hab ich alle Hausübungen gemacht und zwar pünktlich. Ich weiß, sage ich, du warst Vorzugsschülerin. Genau, sagt meine Frau, ich war Vorzugsschülerin, bis zur Matura. Ich nicht, sage ich.

Wir erreichen Gössl, die Ortschaft am Ende des Sees. John sagt: Papa, ein Gasthaus. Ja, sage ich. Essen wir hier?, sagt John. Wir essen in der Fischerhütte, sagt meine Frau. Wieso nicht da?, sagt Bella. Weil wir in der Fischerhütte essen, sage ich. Wir können aber auch da essen, sagt John. Ich sage: In der Fischerhütte gibt es auch einen Spielplatz. Wirklich?, sagt John. Ja, sage ich. Wie weit ist es noch bis zur Fischerhütte?, sagt Bella. Eine Viertelstunde, sage ich. Bella sagt: Wie lang ist eine Viertelstunde? Ich sage: Drei Mal fünf Minuten. So lang noch, sagt Bella. Fünf Minuten sind nicht lang, sage ich, und das drei Mal. John sagt: Und dann gehen wir den ganzen Weg wieder zurück? Natürlich, sagt meine Frau. Nein, schreien Bella und John gleichzeitig. Meine Frau sagt: Wenn ihr gegessen habt, seid ihr wieder kräftig. Dann gehen wir den ganzen Weg wieder zurück. Um den ganzen See herum?, sagt John. Um den halben, sagt meine Frau. Papa, ist das wahr, sagt John, den ganzen Weg wieder zurück? Nein, schreit Bella. Ja, sage ich. Papa, sagt John, wir sind doch noch Kinder. Gehen ist gesund, sagt meine

Frau, auch für Kinder. Nein, sagt John, wenn Kinder zu viel gehen, dann sterben sie. Wie kommst du denn darauf?, sage ich. Und das wollt ihr doch nicht, sagt John, dass eure Kinder sterben, oder?

Wir biegen auf den Weg zum Toplitzsee ein. Ich erzähle von den großen Schätzen, die im Toplitzsee vermutet werden, und von den Suchaktionen. Welche Schätze?, sagt John. Viel Geld und Schmuck in Kisten, sage ich. In Kisten, wie die Seeräuber sie haben?, sagt John. Ja, sage ich. Aber Seeräuber gibt es nicht mehr, sagt John, oder? Hier nicht mehr, sage ich. Hat es aber gegeben, sagt John. Ja, sage ich. Und jetzt nicht mehr?, sagt er. Nein, sage ich, schon lange nicht mehr. Wie lange schon nicht mehr, sagt er. Schon lange nicht mehr, sage ich. Die waren hier versteckt im Wald?, sagt er und nimmt meine Hand. Nicht nur hier, sage ich. Aber auch hier?, sagt er. Ja, sage ich. Aber jetzt sind sie hier nicht mehr versteckt, sagt John. Er sagt: Stimmt das, Papa, jetzt sind sie hier nicht mehr versteckt? Nein, sage ich. Und wem gehört der Schatz?, sagt Bella. Ich weiß es nicht, sage ich, der ist gestohlen worden. Wie bei den Seeräubern, sagt John zu Bella. Er sagt: Die Seeräuber überfallen die Menschen, töten sie und rauben ihnen die Schätze. Er sagt: Stimmt das, Papa, die Seeräuber überfallen die Menschen, töten sie und rauben ihnen die Schätze? Ja, sage ich.

John sagt: Gibt es hier noch viele Tote im Wald? Nein, sage ich, gar keine mehr. Und im See, sagt er, schwimmen da viele Tote herum? Nein, sage ich, nur Fische. Und keine Toten?, sagt John. Keine Toten, sage ich. Haben die die Fische gefressen?, sagt John. Nein, sage ich, es gibt keine Toten. Aber früher, sagt John, wie es noch Tote gegeben hat, haben die dann die Fische gefressen? Vielleicht, sage ich. Und in der Fischerhütte sind Fische, die Tote gefressen haben?, sagt John. Nein, sage ich. Und ihr wollt dort Fische essen?, sagt Bella. Ja, sage ich. Ich will dort keine Fische essen, sagt Bella. Brauchst du auch nicht, sage ich. John sagt: Wenn man die Fische aufschneidet, die ihr esst, findet man dann einen toten Menschen drin? John, sage ich, die Fische dort haben keine Menschen gefressen. Wie willst du das wissen, sagt John, bevor du sie aufgeschnitten hast?

Schau, wer dort sitzt, sagt meine Frau, Elke mit Johannes. Elke?, sage ich. Welche Elke? In der kleinen Bucht vor der Fischerhütte steigen Ausflügler in ein Boot. Meine Frau sagt: Eine Besichtigung des Sees würde mich auch interessieren. Dich nicht? Doch, sage ich, aber nicht mit Lili. Nein, sagt sie. Vielleicht beim nächsten Mal, sage ich, da kann Lili schon schwimmen. Ich kann schon gut schwimmen, sagt John. Ja, sage ich. Ich kann auch schon sehr gut schwimmen, sagt Bella. Ja, sage ich, ihr könnt beide schon sehr gut schwimmen. Dann könnten ja wir mit dem Boot fahren, sagt meine Frau, und Papa bleibt hier mit Lili. Nein, sagt John, ich will nicht fahren. Vielleicht finden wir einen Schatz, sagt meine Frau. Nein, sagt John, ich will nicht fahren. Und du, sagt meine Frau zu Bella, willst du mit mir fahren? Nein, sagt Bella, ich will auch nicht fahren.

Da schau her, sagt Elke, als wir an ihren Tisch treten, was macht ihr hier? Ihr Sohn Johannes steht vom Sessel auf und gibt uns die Hand. In die Augen schauen, sagt Elke. Sie sagt: Johannes, beim Grüßen schaut man in die Augen. Er schaut uns in die Augen. Bist du groß geworden, sagt meine Frau, wie alt bist du denn? Sieben Jahre, sagt Johannes. In die Augen schauen, sagt Elke. Wenn man mit jemandem spricht, schaut man ihm in die Augen, sagt Elke. Dürfen wir zum Spielplatz?, sagt Bella. Ja, sage ich. Bella und John laufen weg. Ich rufe: Was wollt ihr essen? Spaghetti, ruft John, mit Fleischsoße. Habt ihr schon gegessen?, sagt meine Frau. Nein, sagt Elke, wir sind auch eben gekommen. Sie sagt: Wie geht es euch? Johannes schaut zum Spielplatz. Willst du auch zum Spielplatz?, sage ich. Nein, sagt Elke, er hat die ganze Nacht gehustet. Oh, sagt meine Frau, hustet er immer noch? Nein, sagt Elke, aber ich will nicht, dass er in der Nacht wieder hustet. Die Kellnerin kommt und wir bestellen: zweimal Forelle, zweimal Spaghetti bolognese, ein großes Bier für mich, Weißwein für meine Frau und zweimal Eistee. Du isst sicher auch Spaghetti, sagt meine Frau. Willst du auch Spaghetti?, sagt Elke. Ja, bitte, sagt Johannes begeistert. Aber ohne Fleischsoße, sagt sie. Mit Fleischsoße, sagt Johannes. Johannes, du weißt, du verträgst keine Fleischsoße, sagt Elke. Er verträgt keine Fleischsoße?, sagt meine Frau. Elke sagt: Er kriegt immer so viel Durst drauf. Oder willst du lieber Kartoffeln mit Erbsen?, sagt Elke.

Elke sagt: Johannes ist sehr gut in der Schule. Die Lehrerin sagt, er ist überdurchschnittlich begabt. Seine Aufsätze muss er immer vorlesen. Sie sagt: Ich finde, Kinder sollten viel schlafen. Johannes geht um sieben ins Bett. Allein. Anfangs wollte er immer, dass einer von uns am Bett sitzt. Damit er besser einschläft. Das hab ich von Anfang an unterbunden. Er muss lernen, allein einzuschlafen. Elke sagt: Wenn ich nicht aufpasse, würde er den ganzen Tag essen. Aber ich passe auf. In der Klasse sind alle Kinder zu fett. Elke sagt: Ich hab auch das Abendessen gestrichen. Auch für ihn. Kein Abendessen?, sagt meine Frau. Nein, sagt Elke. Und das schafft er?, sagt meine Frau. Er isst den ganzen Tag sowieso genug, sagt Elke. Sie sagt: Wie lang dauert das Essen hier noch? Sie sagt: Wieso können die nicht mehr Kellnerinnen einstellen an so einem Tag? Sie sagt zur Kellnerin: Was ist mit dem Essen? Die Kellnerin sagt: Ist gleich so weit. Elke sagt: Was heißt, ist gleich so weit. Wir warten schon eine Ewigkeit. Meine Frau sagt: Wo ist eigentlich Kurt? Der kommt nach, sagt Elke, er hat noch einen Bauauftrag zu erledigen.

Triffst du noch jemanden von der Klasse?, sagt meine Frau. Sandra hab ich getroffen, sagt Elke, zufällig. Und wie geht es ihr?, sagt meine Frau. Die macht Karriere, sagt Elke. Sie sagt: Du weißt doch, die war immer schon karrieregeil. Die macht eine geile Karriere, sagt Johannes. Was sagst du da?, sagt Elke. Die macht eine geile Karriere, sagt Johannes. Ich möchte das nicht mehr hören, sagt Elke, verstanden. Solche Wörter hast du nicht in den Mund zu nehmen. Ob du verstanden hast?, sagt Elke. Und sitz ordentlich, sagt sie und stößt ihm den Ellbogen vom Tisch. Ja, sagt Johannes. Und Corinna, sagt meine Frau, die wohnt doch bei dir in der Gegend? Ich weiß nur, dass sie noch immer kein Kind hat, sagt Elke. Sie hat auch einen sehr komischen Mann, sagt sie. Inwiefern?, sagt meine Frau. Irgendwie sehr komisch, dieser Mensch, sagt Elke. Sie sagt: Ich war einmal bei ihr zu Besuch, wir sitzen bei Tisch und reden, wie wir jetzt da sitzen und reden, trinken Kaffee, essen Kuchen, du weißt, Corinna hat immer schon sehr gute Kuchen gebacken, und da steht er auf, ohne ein Wort zu sagen, und verschwindet. Verschwindet?, sagt meine Frau. Ja, sagt Elke, wir sitzen noch zwei Stunden und reden. Ich denke, der kommt wieder. Aber nein, er taucht nicht mehr auf. Elke sagt: Ein echter Ungustel. Was ist ein Ungustel?, sagt Johannes. Das hat dich nicht zu interessieren, sagt Elke. Meine Frau sagt: Ein Ungustel ist ein unangenehmer Mensch. Lern ihm nicht solche Sachen, sagt Elke. Und was ist mit dir, sagt meine Frau, du arbeitest nicht mehr? Wie denn, sagt Elke, mit dem Kind.

John sagt: Was gibt es als Nachspeise? Buchteln mit Vanillesoße, sage ich. Ja, ruft Bella, Buchteln mit Vanillesoße. Oder ein Eis, sage ich. Ein Eis, sagt John. Ich auch ein Eis, sagt Bella. Ich gebe ihnen die Eiskarte. Und du?, sagt meine Frau. Vielleicht Palatschinken, sage ich. Und du, sage ich. Nichts, sagt meine Frau, ich koste bei dir. Palatschinken, sage ich, oder soll ich etwas anderes nehmen? Was gibt es denn noch?, sagt meine Frau. Ich lese vor: Mohr im Hemd, Malakofftorte, hausgemacht, Apfelstrudel, hausgemacht, Kastanienreis. Kastanienreis, sagt sie. Gut, dann Kastanienreis, sage ich. Aber wenn du Palatschinken willst, sagt sie, Palatschinken wären auch nicht zu verachten. Nein, nein, sage ich, Kastanienreis ist optimal.

Ich betrachte meine Frau. Ich habe meine Frau oft betrachtet. Sie sitzt im Sonnenlicht, sie spricht mit Elke, sie lacht auf, und das Sonnenlicht fällt so, dass ein paar winzige Falten unter ihren Augen plötzlich ganz scharfe Schatten werfen. Ich denke: Wieso hat sie da auf einmal Falten, die solche Schatten werfen, die ich noch nie an ihr gesehen habe? Ich beuge mich etwas vor, dem Gesicht meiner Frau zu, als ob ich an ihr vorbei nach den Kindern sehen wollte. Aber da hat sie ihren Kopf schon bewegt, und die Falten sind weg. Ich denke: Waren es Falten oder nur Schatten, die von irgendwoher gekommen sind und mir Falten vorgespielt haben?

Was ist, sagt sie, Palatschinken oder Kastanienreis? Ich erschrecke. Ich sehe die Kellnerin vor mir stehen, die mich erwartungsvoll ansieht. Ich denke: Wo war ich? Wie viel Zeit ist vergangen? Kastanienreis, sage ich. Mit Schlag, ohne Schlag?, sagt die Kellnerin. Wenn schon, dann mit Schlag, sagt meine Frau und lacht mich an. Ich lache zurück und schaue auf die Stelle unter ihren Augen.

Darf ich auch ein Eis, sagt Johannes. Nein, sagt Elke, keinen Zucker. Bitte, sagt Johannes. Nein, sagt Elke, dann kriegst du wieder einen Ausschlag. Und keinen Eistee, sagt sie und nimmt ihm das Glas mit Eistee aus der Hand, das ihm Bella gereicht hat, da ist auch Zucker drin. Nein, sagt Bella, der ist zuckerfrei. Wer weiß, sagt Elke.

Lili beginnt zu schreien. Meine Frau steht auf. Ich mach das schon, sage ich. Ich stehe auf, nehme Lili auf den Arm und gehe mit ihr zum Ufer des Sees. Ich gehe im Schatten der Bäume auf und ab. Lili beruhigt sich. Sie bereitet sich darauf vor, in den Schlaf zu sinken. Ihre Augen sehen mich an ohne viel Bewegung. Ihre Augen werden kleiner. Ich schaue zur Terrasse, auf die die Sonne scheint, wo meine Frau sitzen und die Kinder, Elke und Johannes. Sie reden und lachen. Ich höre nur ein bisschen davon. Es ist ruhig hier. Ab und zu gibt der See ein Geräusch von sich. Ein Vogel raschelt. Wespen fliegen zur Terrasse hinüber. Lili ist eingeschlafen. Ich spüre ihr Gewicht. Sie ist um ganz wenig schwerer geworden, seit sie schläft. Meine Frau sieht her, sie winkt mir und lächelt. Ich sehe John und Bella aufspringen und zum Spielplatz laufen. Johannes sieht ihnen nach. Ich sehe ihnen auch nach. Ich sehe sie auf den Wald zulaufen. Plötzlich sehe ich sie nicht mehr. Ich sehe auch meine Frau nicht mehr. Nur noch Elke, die auf Johannes einredet. Ich denke: Wo sind sie alle? Ich sehe mich um. Ich sehe auf meine Arme. Lili ist da und schläft. Mit Augenlidern, die ganz dünn auf ihren Augen liegen.

Mama, sagt Bella, kannst du meine Weste tragen? Bitte, heißt das, sagt meine Frau. Bitte, Mama, sagt Bella, kannst du meine Weste tragen? Stopf sie hinten hinein, bei Lili, sage ich und bücke mich. Dieser Johannes ist aber voll blöd, sagt Bella. Wer, sagt meine Frau, wer ist voll blöd? Dieser Johannes, sagt Bella. Und wieso, sagt meine Frau, wieso ist der voll blöd? Er hat Bella von der Schaukel gestoßen, sagt John. Was hat er getan?, sagt meine Frau und bleibt stehen, dich von der Schaukel gestoßen? Ja, sagt Bella, ich schaukle mit John, da kommt er angelaufen und stößt mich von der Schaukel. Er war also doch am Spielplatz, sage ich. Ja, sagt meine Frau, wie Elke am Klo war. Meine Frau sagt: Kaum war Elke im Haus verschwunden, springt er auf und rennt zum Spielplatz. Und stößt mich von der Schaukel, sagt Bella. Und ich hab mir voll den Hintern angehaut, sagt John. Er sagt: Ich bin ganz oben gesessen, wie er Bella hinuntergestoßen hat, und da ist auch die Schaukel hinunter und ich voll auf den Hintern. Tut immer noch weh, sagt er. Er drückt auf seinem Hintern herum. Papa, sagt er, was hat man da? Steißbein, sage ich. Tut es sehr weh?, sage ich. Ja, sagt John. Ich streiche ihm über das Steißbein. Aber er muss doch was gesagt haben, sagt meine Frau. Nein, sagt Bella, er hat nichts gesagt, er hat mich einfach hinuntergestoßen, ist hinauf und hat selber geschaukelt. Und was hast du gesagt?, sage ich. Du bist voll blöd, hab ich gesagt, geh runter, ich war zuerst da, das ist meine Schaukel, sagt Bella. Und dann hat er auch nichts gesagt?, sagt meine Frau. Nein, sagt Bella. Doch, sagt John, er hat was gesagt. Und was?, sage ich. Was hat er gesagt? John druckst herum und will es nicht sagen. Jetzt sag schon, sage ich. Fick dich ins Knie, hat er gesagt, sagt John, fick dich ins Knie. Das hat er gesagt?, sagt meine Frau. Ja, sagt Bella, aber dann ist sowieso schon seine Mama gekommen und hat ihn geschimpft. Aber Mama, sagt Bella. Ja?, sagt meine Frau. Was heißt fick?, sagt Bella. Sie weiß nicht, was Ficken heißt, ruft John. Musst du so schreien, sage ich und sehe mich um. Wenn sie nicht weiß, was Ficken heißt, sagt John. Ich weiß es halt nicht, sagt Bella, ich bin halt noch nicht so alt wie du.

John und Bella spielen Fangen. Bella kommt zu mir gelaufen, nimmt mich bei der Hand und sagt: Bei Papa ist Leo. Sie läuft wieder weg, John hinter ihr her. Sie läuft um zwei Bäume herum und ist schon wieder bei mir. Leo, sagt sie. John sagt: Das ist fad, wenn du immer bei Papa bist. Dann geh weiter weg, sagt Bella. Warum?, sagt er. Weil du schneller laufen kannst als ich, sagt Bella. Geh zu dem Baum dort, sage ich. Er geht zu dem Baum. Bella läuft los, John hinter ihr her. Sie möchte immer wieder zu mir laufen, aber John schneidet ihr den Weg ab. Dann hat er sie gefangen. Au, schreit sie. John, rufe ich, sei nicht so grob. Ich bin gar nicht grob, sagt er, ich hab sie gefangen. Er läuft weg, Bella hinter ihm her. Er läuft geradewegs zu mir und nimmt mich bei der Hand. Leo, sagt er. Ich will nicht mehr spielen, sagt er, ich bleib bei Papa. Ich bleib auch bei Papa, sagt Bella und will John wegdrängen. Das ist meine Hand, sagt er und hält mit beiden Händen meine Hand fest. Das war zuerst meine Hand, sagt Bella. Nein, sagt John und stößt sie weg, ich war zuerst da. Ich war vorher schon da, sagt Bella, drängt sich zwischen John und mich und bekommt einen Finger meiner Hand zu fassen. Stimmt's, Papa, sagt sie, ich war vorher schon da. Und noch vorher war ich schon da, sagt John und versucht ihre Finger von meiner Hand zu lösen. Und noch noch vorher war ich schon viel früher da, sagt Bella. Ich bin älter, sagt John, also war ich früher da. Jetzt hört doch auf, sage ich, ich hab ja noch eine zweite Hand. Ja, sagt John, Papa hat ja noch eine zweite Hand. Dann nimm du die zweite Hand, sagt Bella. Nein, ich hab die da, sagt John. Das ist aber meine, sagt Bella. John, sage ich, da komm herüber und nimm die andere Hand. Ich will aber die andere Hand nicht, sagt John, die soll Bella nehmen. John, sage ich, jetzt komm da herüber, sonst bekommst du gar keine. Das ist unfair, sagt er. Was heißt: unfair, sage ich. Ich sage: Das ist genauso eine Hand wie die andere. Nein, sagt John, da hast du die Wasserflasche. Da ist genug Platz auch für deine Hand, sage ich. Nein, sagt er, da ist nicht genug Platz, da ist die Wasserflasche. Doch, sage ich und strecke ihm die Hand entgegen samt Wasserflasche. Das ist unfair, sagt er. Er nimmt die zwei Finger, die frei sind. Ich will aber die ganze Hand, sagt er. Er sagt: Bella hat auch eine ganze Hand für sich, wieso ich nicht. Er ist nahe am Weinen. Bella sagt: Bring Mama die Wasserflasche, dann hast du auch eine ganze. Bring du sie der Mama, sagt John. Okay, sagt Bella, nimmt die Wasserflasche und läuft zu meiner Frau nach vor. Sofort lässt John meine Hand los, läuft um mich herum und nimmt die Hand, die Bella gehabt hat. Nein, sage ich, das geht nicht. Ich sage: Wenn Bella für dich schon die Wasserflasche abtransportiert, dann lasst du ihr auch gefälligst die Hand. Das war aber meine, Papa, sagt er. Aus jetzt, sage ich, mach mich nicht böse. Da herüber mit dir.

Wir kommen aus dem Wald in die grelle Sonne. Heiß, sage ich. Ja, sagt meine Frau, hoffentlich bleibt es so. Sie schaut in den Himmel, dann geradeaus. Ich denke: Jetzt sieht sie den Dachstein. Ich denke: Gleich wird sie sich umdrehen und sagen: Schaut, wie schön, der Dachstein. Ich trage Lili auf dem Rücken und halte John und Bella links und rechts an der Hand. Lasst euch nicht so ziehen, sage ich. Wir sind eine Eisenbahn, sagt Bella. Ja, sagt John, wir sind eine Eisenbahn. Eine Familieneisenbahn, sagt Bella. Mama, ruft John, komm, Papa zieht uns, wir sind eine Familieneisenbahn.

Ich stehe mit Lili auf dem Arm auf dem hölzernen Steg der Schiffsstation. Schau, sage ich, die kleinen

Fischchen. Lili schaut ins Wasser. Siehst du die kleinen Fischchen, sage ich. Sie zeigt mit dem Finger ins Wasser. Ich denke: Vor ein paar Jahren bin ich mit Bella auf dem Arm auch hier gestanden, an derselben Stelle, und hab gesagt: Schau, die kleinen Fischchen. Und Bella hat mit dem Finger ins Wasser gezeigt. Und noch ein paar Jahre davor bin ich mit John auf dem Arm hier gestanden, auch an derselben Stelle, und hab gesagt: Schau, die kleinen Fischchen. Und John hat mit dem Finger ins Wasser gezeigt.

Meine Frau zieht sich aus und geht nur mit Slip bekleidet ins Wasser. John und Bella gehen nackt. Sie stehen bis zu den Knien im See und frösteln. Auf der Gasthausterrasse sitzen Leute und schauen zu. Meine Frau ruft: Weißt du, wie erfrischend. Komm auch. John und Bella rufen: Ja, Papa, komm auch. Hinein mit euch, rufe ich. Lili, ruft Bella und winkt. Lili winkt zurück. Was ist, rufe ich, hinein mit euch. John wirft sich ins Wasser. John, ruft Bella, du spritzt. Papa, ruft Bella, John ist voll unfair. Hinein mit dir, ruf ich. John schwimmt eilig davon. Bella wirft sich ins Wasser und schwimmt ihm nach. Meine Frau lässt sich langsam ins Wasser und schwimmt den beiden nach. John, rufe ich, eine Krake. Er dreht sich rasch um und schaut über das Wasser. Papa, ruft er, da gibt es keine Kraken. Die gibt es nur im Meer, ruft er. Aber der Grundlsee ist berühmt für seine Süßwasserkraken, rufe ich. Papa, hör auf, ruft John. Eine Krake!, schreit Bella und greift nach ihm. John fährt herum, schlägt nach ihr und schwimmt schnell zum Ufer zurück. Bella lacht. Die gibt es nur im Meer, schreit er, hast du gehört, die gibt es nur im Meer. Ja, sagt Bella, aber manchmal gibt es sie überall. Stimmt's, Papa, ruft Bella, manchmal gibt es sie überall. Sie sitzen ganz tief unten und warten auf uns. Dann töten wir sie, sagt John. Stimmt's, Papa, ruft John, wenn eine Krake kommt, dann töten wir sie. John und Bella haben das Ufer erreicht und waten, zitternd vor Kälte, durch das seichte Wasser. John fürchtet sich vor Kraken, dabei gibt es hier gar keine, ruft Bella lachend. John bleibt stehen, ballt die Fäuste und schreit: Ich fürchte mich überhaupt nicht vor Kraken, verstanden. Ich fürchte mich überhaupt nicht vor Kraken.

Auf der Gasthausterrasse stehen Leute auf und kommen langsam zur Station herunter. Ich schaue auf den See hinaus. Weit draußen sehe ich Segelschiffe und dazwischen unser Schiff kommen. Das Schiff kommt, rufe ich. Nein, ruft meine Frau, wo es gerade so schön ist, und schwimmt weiter auf den See hinaus.

Zuerst sitzen wir an Deck. Dann wird der Wind heftiger und wir beschließen, unter Deck zu gehen. Meine Frau zeigt auf das Ufer und nennt die Namen der Berge, an denen wir vorbeifahren. Ich habe Lili auf den Knien. Mama, sagt John, wie war das damals mit dem Mädchen in Irland? Mit dem Mädchen in Irland?, sagt meine Frau. Ja, sagt John, das ertrunken ist. Was für ein Mädchen ist in Irland ertrunken?, sage ich. Meine

Frau sagt: Ich hab ihm die Geschichte von Glendalough erzählt. Erzähl sie noch einmal, sagt John. Wozu?, sagt meine Frau. Ich möchte sie noch einmal hören, sagt John, bitte. Meine Frau sagt: In Glendalough gibt es zwei Seen, einen oberen und einen unteren. Papa und ich haben dort die Ruinen eines alten Klosters besichtigt, dann sind wir zu dem oberen See spaziert. Wenn man dort am Ufer steht, sieht man lange den Grund des Sees, sodass man glaubt, man kann weit hineingehen und gut baden. Aber es gibt ein Schild am Ufer, das davor warnt, hier zu baden. Und tatsächlich ist hier ein Mädchen ertrunken. Hast du es gesehen?, sagt John. Was?, sagt meine Frau. Wie es ertrunken ist, sagt John. Nein, sagt meine Frau, das war ein paar Tage davor. Ich hab es in der Zeitung gelesen. Aber wie ist es ertrunken?, sagt John. Hat es nicht schwimmen können? Doch, sagt meine Frau, das hab ich dir doch schon erzählt. Es ist hineingegangen und plötzlich verschwunden. Aber wieso?, sagt John. Du hast doch gesagt, das Mädchen hat schwimmen können. Ja, sagt meine Frau. Und wieso ist es dann verschwunden?, sagt John. Weil es dort plötzlich ganz tief wird, sagt meine Frau. Sie sagt: Man geht hinein und denkt, da ist es nicht tief. Und plötzlich ist es ganz tief, und man hat keinen Grund mehr unter den Füßen. Aber wenn man schwimmen kann, sagt John. Meine Frau sagt: Vielleicht ist es erschrocken, weil es plötzlich ganz tief war und es keinen Boden mehr unter den Füßen gespürt hat und untergetaucht ist. Sie sagt: Vielleicht ist das Wasser dort auch plötzlich sehr kalt. Vielleicht kommt genau dort eine sehr kalte Strömung aus der Tiefe, und der Körper bekommt einen Schock und funktioniert nicht mehr. Was heißt, er funktioniert nicht mehr?, sagt John. Man ist wie gelähmt, sagt meine Frau, man kann sich nicht rühren, man sinkt ab, oder man reißt den Mund auf, wie man es macht, wenn man erschreckt, und will Luft einziehen, aber da ist man schon unter Wasser und zieht nur mehr Wasser ein und erschreckt noch einmal, weil man nur mehr Wasser im Mund hat und keine Luft kriegt, und wird panisch und schlägt um sich und kriegt noch mehr Wasser in den Mund und sinkt ab und noch weiter ab und kommt nicht mehr hoch und ertrinkt. Ich halt mir immer die Nase zu beim Tauchen, sagt Bella. John sagt: Wie tief ist der See? Ich weiß es nicht, sagt meine Frau. Tausend Meter, sagt John. Vielleicht, sagt meine Frau. Zehntausend Meter, sagt John. Zehntausend Meter sicher nicht, sagt meine Frau. Sicher zehntausend Meter, sagt John. Mama sagt, zehntausend Meter sicher nicht, sagt Bella. Was weißt denn du, sagt John. Er sagt: Und ist das Mädchen ganz hinuntergesunken, ganz hinunter, bis auf den Grund, bis man es nicht mehr sieht? Ich weiß es nicht, sagt meine Frau, es kommt darauf an. Auf was?, sagt John. Auf was kommt es an? Meine Frau sagt: Darauf, wie es dort aussieht unter Wasser. Vielleicht gibt es Felsvorsprünge oder Pflanzen, an denen das Mädchen hängen geblieben ist. Und wenn nicht?, sagt John. Dann ist es ganz hinuntergesunken, sagt meine Frau. Bis auf den Grund, sagt John. Ja, sagt meine Frau, ich nehme an bis auf den Grund. Und dort liegt es immer noch, sagt John. Möglich, sagt meine Frau, aber sie werden sicher nach dem Mädchen gesucht haben und es sicher gefunden haben. Und wenn nicht?, sagt John. Dann liegt es immer noch dort, sagt meine Frau. Aber es hat doch schwimmen können, sagt John. Wieso ist es nicht geschwommen?

Der Kapitän fragt John, ob er nicht Lust hätte, das Steuerrad zu halten. John schüttelt den Kopf. Komm, sage ich, du darfst das Schiff steuern. Nicht jetzt, sagt er. Wenn wir an Land sind, kannst du es nicht mehr steuern, sage ich. Ich will jetzt nicht, sagt er. Warum nicht?, sage ich. Weil ich nicht ertrinken will, sagt John, und am Grund des Sees liegen. Ich sage: Wenn du das Schiff steuerst, ertrinkst du doch nicht. Er sagt: Ich kann nicht steuern, und dann sinken wir und ertrinken. Nein, sage ich, du kannst doch schwimmen. Und warum sollte es sinken? Das Mädchen hat auch schwimmen können, sagt John, und jetzt ist es tot. Es war auf keinem Schiff, sage ich, es ist allein in den See hinausgegangen. Trotzdem, sagt John. Er sagt: Ich will nicht versinken und tot sein. Denn wenn wir tot sind, können wir euch nicht mehr sehen. Und das wollt ihr doch nicht, dass wir euch nicht mehr sehen können, sagt John, oder?

Ich lege die Zeitung weg. Ich schließe die Augen. Ich höre John und Bella im Haus streiten. Ich höre meine Frau, wie sie sagt: Ich verstehe euch nicht. Jetzt haben wir endlich einen großen Garten, in dem ihr spielen könnt, und ihr seid dauernd im Haus. Willst du noch einen Kaffee?, sagt sie plötzlich hinter mir. Ich öffne die Augen und schaue über den See zum Schloss hinüber. Ja, bitte, sage ich. Und ein Stück Kuchen hab ich dir auch noch gerettet, sagt sie. Wunderbar, sage ich. Mit Mühe den hungrigen Mäulern entrissen, sagt sie. Kurz spüre ich die Hand meiner Frau auf meiner Schulter. Ist dir die Sonne nicht zu viel?, sagt sie. Nein, sage ich. Ich sage: Was ich im Leben davon speichere, muss für die Ewigkeit reichen. Da hast du aber viel zu tun, sagt meine Frau lachend. Du siehst, sage ich, ich bin nicht müßig.

Ich sehe die zwei weißen Liegestühle im Park des Schlosses. Sie sind leer. Der Wind bewegt die Stoffe ihrer Sitzflächen. Wer wohnt da drüben?, sage ich, als meine Frau den Kaffee bringt. Ich weiß es nicht, sagt sie. Die Liegestühle sind da, sage ich, aber noch nie hab ich jemand darin sitzen gesehen.

Die Sonne steht knapp über dem Bergrücken. Dann ist sie verschwunden. Mich fröstelt. Ich nehme Lili aus dem Wasser, das in dem kleinen, aufblasbaren Plastikbecken immer noch warm ist, bringe sie hinein und wickle sie. Die Berge am anderen Ufer des Sees sind dunkler geworden. Ich trage die Liege hinein. Ich schließe die Terrassentüren. Papa, sagt Bella und drückt sich an mich. Ja, sage ich. Gut, dass wir ein Haus haben, sagt sie. Ja, sage ich, wo es schön warm ist am Abend, wenn die Sonne weg ist. Ja, sagt sie, und wo es Türen und Fenster gibt, die man fest zumachen kann.

Ich dünste die Schweinsrippchen für John und koche die Vanillesoße für Bella. Bella sitzt bereits bei Tisch, vor sich eine mit Powidl gefüllte Buchtel im Teller. Wann ist die Vanillesoße fertig, sagt sie, ich hab so einen Hunger. Sie schneidet sich ein Stück von der Buchtel ab.

John, sage ich, Essen. Ja, gleich, sagt er. Nicht gleich, sage ich, jetzt. Ich bin noch in einem Kampf, sagt er. Ich sehe sein angespanntes Gesicht, mit dem er die Geschehnisse auf dem Display seines Gameboys verfolgt. Meine Frau füttert Lili. Ich trage die Schweinsrippchen und die Vanillesoße ins Zimmer. John, sage ich, Essen. Gleich, sagt er, diesen Kampf noch. Hast du nicht gehört, sagt meine Frau. Ich stelle Reis und Salat auf den Tisch. Was ist, sage ich, gehe zu ihm hin und nehme seine Ohren zwischen die Finger. Die glühen ja richtig, sage ich. Moment, Papa, gleich, ruft er. Ich ziehe an seinem rechten Ohr. Au, sagt er, das ist mein Ohr. Ich weiß, sage ich, ich kenne das Ohr gut. Auf dem bist du zum ersten Mal gelegen. Was ist mit dem Ohr?, sagt er und kämpft weiter. Gelegen bist du zum ersten Mal auf diesem Ohr, sage ich, weißt du das? Nein, sagt er. Ich sage: Du bist aus der Mama herausgekommen, man hat dich genommen und auf ihre Brust gelegt. Aha, sagt er und kämpft. Ja, sage ich, und zwar so, dass man dein Ohr dabei nach vor geklappt hat. Nach vor geklappt?, sagt John und kämpft. Ja, sage ich, so, und klappe ihm das Ohr nach vor. Papa, sagt er, bitte, und schüttelt mich ab.

Was ist mit dem Ohr?, sagt meine Frau. Kannst du dich nicht erinnern?, sage ich. Nein, sagt meine Frau. Es war nach vor geklappt, sage ich. Wann?, sagt sie. Nach der Geburt, sage ich. Und?, sagt sie. Es war schrecklich, sage ich. Was ist denn da schrecklich?, sagt sie. Dass es so nach vor geklappt war, sage ich, und dass John mit dem Kopf darauf gelegen ist und dass er es so zusammengequetscht hat. Und das war schrecklich?, sagt meine Frau. Ja, sage ich. Warum hast du es dann nicht gerichtet, sagt sie, das Ohr, wenn es so schrecklich war? Ich hab mich nicht getraut, sage ich. Du hast dich nicht getraut? Nein, sage ich, bei einem Neugeborenen! Und es wäre ja auch lächerlich gewesen, sage ich, oder? Alle sind froh, dass das Kind endlich heraußen ist, sage ich, und mich stört, dass das Ohr nach vor geklappt ist. Das hast du mir gar nicht erzählt, sagt meine Frau und lacht. Siehst du, sage ich, du lachst. Ist auch zum Lachen, sagt meine Frau. Für mich war es das aber nicht, sage ich. Ich sage: Ich hab nur hingestarrt und gelitten, und wie ich gelitten habe!, und gehofft, dass endlich auch eine Schwester sieht, was mit dem Ohr los ist, den Kopf hebt und das Ohr nach hinten legt, wo es hingehört. Bella sagt: Könnt ihr jetzt bitte aufhören mit den Ohren und essen kommen. Wie ist die Vanillesoße?, sage ich. John, sagt meine Frau, ich schmeiß dir das Ding aus dem Fenster, wenn du nicht endlich kommst. Du hast sehr gut gekocht, Papa, sagt Bella.

Wir sehen einen Zeichentrickfilm im Fernsehen. John sagt: Papa, ich möchte daheim auch ein Kabelfernsehen. Damit ihr den ganzen Tag fernsehen könnt, sagt meine Frau. Ja, sagt John, das wär cool. Willst du nicht auch ein Kabelfernsehen?, sagt er zu Bella. Das wär doch cool, oder? Ja, sagt Bella, das wär cool. Sie sagt: Papa, kaufst du uns daheim auch ein Kabelfernsehen? Meine Frau hat Lili im Arm, die schläft. Sie drückt ihre kleinen, nackten Fersen. Bella liegt auf mir. John sitzt auf dem Boden zwischen meinen Beinen. Gib den Fuß da weg, sagt er zu Bella. Rück weiter hinüber, sagt Bella. Ich will aber da sitzen, sagt er und klammert sich an mein Schienbein. Du bohrst mir deinen Ellbogen hinein, sagt meine Frau zu Bella. John sagt: Ich will auch einmal bei der Mama sitzen. Da liegt Lili, sagt meine Frau. Die kann auch woanders liegen, sagt John. Die kann nicht woanders liegen, sagt meine Frau. Wieso muss immer die Lili bei dir liegen und ich nie?, sagt er. Weil sie ein Baby ist, sagt meine Frau. Sie sagt: Wie du ein Baby warst, bist du auch immer bei mir gelegen. Dann will ich bei Papa sitzen, sagt er, steht auf und drängt sich neben Bella auf mich drauf. Das geht nicht, sage ich. Au, sagt Bella, du tust mir weh. Warum sitzt immer nur du bei Papa?, sagt John. Setz dich da neben mich und lass John her, sage ich zu Bella. Warum immer ich?, sagt sie. Weil du schon lang genug auf Papa gesessen bist, sagt John. Setz dich da zwischen uns, sagt meine Frau. Bella setzt sich zwischen uns und hält mich am Arm fest. John setzt sich auf mich. Bella lehnt ihren Kopf an die Schulter meiner Frau. John sagt: Florian kann bei seinem Papa auch immer den Zeichentricksender sehen. Wenn er bei ihm ist, sagt meine Frau. Wer bei wem?, sage ich. Florian, sagt meine Frau, du kennst doch Florian? Ja, sage ich. Florian bei seinem Vater, sagt meine Frau, weil die Eltern geschieden sind, und wenn er bei ihm ist, schauen sie die ganze Nacht fern, und nicht nur Zeichentrickfilme. Was heißt geschieden?, sagt Bella. Wenn Papa und Mama getrennt sind, sage ich. Geht das?, sagt Bella. Ob was geht?, sage ich. Dass Papa nicht daheim wohnt, obwohl er der Papa ist?, sagt Bella. Natürlich geht das, sage ich, wenn die Eltern geschieden sind. In deiner Klasse sind die meisten Eltern geschieden, sagt meine Frau. In meiner auch?, sagt John. In deiner auch, sagt meine Frau. John beginnt zu weinen. Was ist denn?, sage ich. Nichts, sagt er. Jetzt sag, was ist, sage ich. Du willst nicht woanders wohnen, sagt er, oder? Wieso sollte ich?, sage ich. Du willst nicht wohnen, wo wir nicht wohnen, sagt er, oder? Nein, sage ich. Papa, sagt er und drückt sein Gesicht in meinen Pullover, du und Mama, ihr lasst euch nicht scheiden. Nein, sage ich. Versprochen?, sagt er. Ja, sage ich. Versprochen ist versprochen und wird auch nicht gebrochen, sagt er. Wir sind doch eine Familie, sagt Bella. Bella sagt: Nicht wahr, Papa, wir sind doch eine Familie, wir können uns gar nicht scheiden lassen. Stimmt doch, oder? Sie schaut mich an. John schaut mich an. Wir halten uns an den Händen. Ja, sage ich, wir können uns gar nicht scheiden lassen. Mir ist heiß, ich schwitze unter dem Gewicht der Kinder. Ich möchte meinen Pullover ausziehen.

Und wenn wir gestorben sind, liegen wir alle im selben Grab, sagt John, stimmt doch, Papa, oder? Natürlich, sage ich. Ich möchte dann mehr bei Papa liegen, sagt John. Ich bei Mama und Papa, sagt Bella. Ich auch bei Mama und Papa, sagt John. Aber das geht ja nicht, sagt Bella. Doch, sagt John, wenn ich mehr bei Papa liege. Aber dann liege ich überhaupt nicht bei Papa, sagt Bella, aber ich möchte auch ein bisschen bei Papa liegen. Das geht dann eben nicht, sagt John. Doch, sage ich, das geht. Siehst du, sagt Bella, Papa sagt, das geht. Ja, sage ich, weil es dann sowieso nur mehr Knochen gibt von uns, und die brauchen nicht so viel Platz. Siehst du, sagt John, dann liegt ein Knochen von mir beim Papa und ein Knochen von mir bei der Mama. Und von dir liegt auch ein Knochen beim Papa und einer bei der Mama. Bella sagt: Aber wenn die Knochen so wenig Platz brauchen, können vielleicht zwei Knochen von mir beim Papa liegen. Das ist unfair, sagt John. John, sage ich, vielleicht können wir die Knochen überhaupt mischen. Genau, ruft John, mischen. Ja, sagt Bella, ein Knochen von mir, ein Knochen vom Papa, ein Knochen von dir, ein Knochen von der Mama. Nein, sagt John, ein Knochen von mir und ein Knochen vom Papa. Ja, sagt Bella, aber dann kommt auch einmal ein Knochen von mir und einer vom Papa. Aber ich will auch neben der Mama liegen, sage ich. Ja, sagt John, die meisten Knochen von dir liegen bei den Knochen von der Mama. Ist das in Ordnung?, sagt John. Ja, sage ich. Oder nur die größeren Knochen, sagt John. Auch gut, sage ich. Zum Beispiel dieser große Knochen da von dir und dieser große Knochen da von der Mama, sagt John und zeigt auf meinen Oberarm und auf den Unterarm meiner Frau, die liegen nebeneinander und haben sich sehr lieb. Sehr gut, sage ich. Aber die Knochen von mir und die vom Papa wollen sich auch sehr lieb haben, sagt Bella. Ja, sagt John. John sagt: Alle Knochen von dir und von mir und von Papa und von Mama liegen nebeneinander und haben sich sehr lieb. Und was ist mit Lili, sage ich, wo liegt die? Im Grab daneben, sagt John. Nein, sagt meine Frau, alle eure Knochen liegen da, hier, in der Mitte, wo mein Herz gewesen ist.

Endlich ist eine Ruh, sagt meine Frau und lässt sich neben mir auf das Sofa fallen. Du hast sie auch ganz schön durch die Landschaft gehetzt, sage ich. Aber es war doch ein schöner Ausflug, sagt sie, oder? Sie legt mir den Arm um die Schulter. Ja, sage ich. Und du hast dich so gewehrt dagegen, sagt sie. Gewehrt, sage ich, ich hab mich nicht gewehrt. Du wehrst dich immer, sagt sie, und dann gefällt es dir doch. Ja, sage ich. Es hat dir doch gefallen, sagt sie, oder? Ja, sage ich. Sie küsst mich. Sie sagt: Wollen wir? Ja, sage ich, wenn die Kinder schlafen. Die schlafen schon, sagt meine Frau. Ich ziehe die Vorhänge vor. Ich lege eine Decke über das Sofa. Wir drängen uns aneinander.

Ich stehe am Straßenrand, vor mir dichtes Gebüsch, und wische einem kleinen Mädchen, das keine Schuhe trägt, mit einem Stück Küchenrolle den Mund ab.

Was ist los, sagt meine Frau. Was soll los sein, sage ich. Du bist so nervös, sagt sie. Ich bin nicht nervös, sage ich. Ich weiß nicht, sagt sie, ich hab das Gefühl, du bist nervös. Hast du das Handy eingeschaltet?, sage ich. Ich hab den ganzen Tag das Handy eingeschaltet, sagt sie, warum? Okay, sage ich und zeige auf den Himmel, wir sollten ins Wasser gehen, ich glaub, es kommt ein Gewitter. Ja, sagt sie, gehen wir, aber im Seichten. Ja, sage ich. Saukalt, sage ich und stehe bis zu den Knien im Wasser. Aber nicht so kalt wie der Grundlsee, sagt sie. Nein, sage ich, der Sommersbergersee ist der wärmste. Ich schwimme los, sage ich. Schwimmst du nicht mit? Ich schwimme da am Rand entlang, sagt meine Frau. Jetzt komm, sage ich, fasse sie am Bein und ziehe sie ein Stück mit mir. Hör auf, sagt sie und strampelt, sonst krieg ich die Panik. Es ist schön draußen, sage ich. Ich weiß, sagt sie und schwimmt weg. Ich drehe meine Runden, sage ich. Ja, sagt sie.

Mir ist kalt. Ich schwimme schnell. Ich denke: Vielleicht hätte ich doch nicht wegfahren sollen, wer weiß, was in der Firma passiert. Ich versuche mich auf das Schwimmen zu konzentrieren, auf das Ausstrecken der Arme, auf das genaue Schließen der Beine. Ich überquere den See, schwimme an den Badehütten vorbei in den hinteren, schon schattigen Teil des Sees mit dem vielen Schilf. Ich denke: Vielleicht sollte ich Bernd anrufen. Eine Frau schwimmt plötzlich vor mir, die sehr langsam und sorgfältig ihre Beine auseinandergibt. Dazwischen sehe ich den hellen Stoff ihres Bikinis. Ich folge ihr eine Weile. Von der künstlichen, hölzernen Insel in der Mitte des Sees springen Kinder ins Wasser. Der Himmel wird dunkler, Wind kommt auf. Ich denke: Wenn jetzt ein Blitz einschlägt, bin ich tot. Eltern rufen ihre Kinder. Der See ist plötzlich menschenleer. Ich beeile mich zum Steg zu kommen, der dicht besetzt ist, und klettere hinaus. Meine Frau drängt heran und sagt: Ich hab dich plötzlich nicht mehr gesehen, wo warst du? Sie sagt: Ich hab schon geglaubt, du bist ertrunken. Ich ertrinke nicht, sage ich. Aber ich hab dich nicht mehr gesehen, sagt sie. Aber jetzt siehst du mich wieder, sage ich, oder?, und umarme sie. Ah, schreit sie auf, bist du kalt!

Dort drüben sind wir gesessen, sagt meine Frau. Das weißt du noch so genau?, sage ich. Ja, sagt sie, und wir haben alle einen Schweinsbraten gegessen. John wollte noch eine zweite Portion. Es hat geregnet wie jetzt, und draußen haben wir Wanderer über die Wiese herunterlaufen gesehen. Es hat gedonnert. Und Lili hat sich gefürchtet, John hat gelacht und gesagt: Sie fürchtet sich. Ist doch nur ein Donner. Lili hat geweint, weil er sie ausgelacht hat. Lili wollte nie ausgelacht werden. Und Bella wollte unbedingt Palatschinken essen. Die wollte ich auch essen, sage ich, ich erinnere mich. Ich sage: Du hast nicht wollen, dass sie nach dem Schweinsbraten mit zwei Knödeln auch noch Palatschinken isst. Sicher, sagt meine Frau, sie war doch zu dick, oder nicht? Jetzt ist sie nicht mehr dick, sage ich. Aber damals war sie es, sagt meine Frau. Aber sie hat geduldig mit Lili Karten gespielt, sage ich. Ja, sagt meine Frau, um Lili hat sie sich immer gekümmert. Sie sagt: Lili hat zu ihr fast eine stärkere Beziehung als zu mir. Wenn Bella nicht im Zimmer war, konnte sie nicht einschlafen, erinnerst du dich? Ja, sage ich.

Meine Frau lacht plötzlich und sagt: John hat sich da draußen vor der Tür umgezogen. Er hat sich die nasse Badehose ausgezogen, und sein nackter Hintern hat zwei ältere Damen aufgeregt, erinnerst du dich? War das absurd. Da war er zehn oder elf. Ich bestelle noch einen Halben Most. Willst du auch noch was?, sage ich. Nein, sagt meine Frau. Sie drückt an ihrem Handy herum und sagt: Wieso rufen die Kinder nicht an? Sie haben doch gesagt, sie rufen an. Lili kann doch gar nicht, sage ich, die nehmen ihr doch tagsüber das Handy ab, oder? Ja, Lili, sagt meine Frau, aber was ist mit den anderen beiden? Sie sagt: Wolltest du nicht Bernd anrufen? Nein, sage ich, wieso?

Es hat zu regnen aufgehört. Wir gehen über die nasse Liegewiese, dann den Schotterweg hinauf zum Parkplatz. Meine Frau öffnet den Kofferraum. Sie sagt: Diesen Waldweg dort würde ich gern einmal gehen. Ja, sage ich, das sagst du jedes Mal, wenn wir hier sind. Mit den Kindern haben wir ja nicht können, sagt sie, die haben immer gleich ins Wasser wollen. Sie stellt die Tasche mit den Badesachen hinein. Wohin der wohl führt, sagt sie. Was?, sage ich. Der Weg, sagt sie, wohin der wohl führt. Sie sagt: Tausendmal bin ich schon da gewesen, aber wo dieser Weg hinführt, weiß ich noch immer nicht.

Ist dir schlecht?, sage ich. Nein, sagt meine Frau, wieso? Den Kindern ist hier auch immer schlecht geworden, sage ich, in diesen Kurven. Mir ist nicht schlecht, sagt sie. Sie hat die Sonnenblende heruntergeklappt und schaut in den Spiegel. Meine Falten, sagt sie und zieht mit den Fingern die Gesichtshaut glatt. Und mein Hals ist auch nicht mehr taufrisch, sagt sie. Ich denke an die Haut meiner Frau am Strand von Krk vor zwanzig Jahren, an ihre Oberarme, die ich neben mir sehe, die jetzt fleischiger geworden sind und Wellen werfen. Ich denke: Sie kommen mir fleischiger vor, weil sie Wellen werfen. Ich denke: Damals hat sich das Fleisch des Oberarms nicht so leicht bewegen lassen. Jetzt zittert es bei der kleinsten Erschütterung und kommt nicht zur Ruhe. Magenweh, sagt meine Frau und greift sich auf den Bauch, wie immer nach dem Essen. Wahrscheinlich Gastritis, sage ich. Oder Magenkrebs, sagt sie. Wieso gleich Magenkrebs und nicht Gastritis?, sage ich. Meine Frau sagt: Die Apothekerin, die mich immer bedient hat, hat Gebärmutterhalskrebs. In meinem Alter. Monatelang hat sie herumlaboriert, die Ärzte haben nichts gefunden. Jetzt ist sie sechs Stunden lang operiert worden. Gebärmutter, Eierstöcke, Lymphknoten, alles raus. Fünf Bestrahlungen. Und jetzt tut ihr das Kreuz weh. Ihre Kollegin sagt, sie hat was mit den Bandscheiben. Ich tippe auf Metastasen im Rückenmark. Und die Freundin von Berta, sagt meine Frau, hat Lungenkrebs. Nie geraucht, immer gesund gelebt. Mit fünfunddreißig und mit zwei kleinen Kindern. Wie wir weggefahren sind, hat es geheißen, sie ist im Hospiz, Endstadium und jede Menge Morphium. Aber sie will nicht dort sterben, sagt meine Frau, sie will daheim sterben, bei den Kindern.

Meine Frau sagt: Hast du die Narben am Oberschenkel des Mädchens gesehen, das neben uns gelegen ist, und dann aufgestanden ist und Federball gespielt hat? Noch keine zehn, und Gewebebrüche wie bei einer Schwangeren. Meine Frau sagt: Du kennst doch den Buben von der Roswitha. Dem das eine Bein nicht wächst. Dem alle paar Monate das Bein gebrochen werden muss und gestreckt. Und das mit zwei Jahren. Meine Frau sagt: Ich möchte keine Kinder im Spital haben. Sie sagt: Fahr nicht so schnell in den Kurven, sonst wird mir doch noch schlecht. Ich sage: Gehen wir noch auf einen Kaffee, oder willst du gleich heim? Nein, sagt sie, aber keinen Kaffee, vielleicht Kamillentee. Sie sagt: Was machen eigentlich deine Krampfadern? Die solltest du dir auch einmal anschauen lassen. Ich sage: Solange keine Beschwerden sind. Ich denke: Heut früh beim Rasieren hab ich die Haut vom Kehlkopf gezogen, und sie ist nur langsam zurückgegangen. Wenn du Thrombosen hast, ist es zu spät, sagt sie. Wir fahren an dem großen Golfplatz vorbei, auf die Hauptstraße hinaus und hinunter nach Bad Aussee. Ich lege meiner Frau die Hand auf den Arm. Sie nimmt meine Hand und drückt sie. Sie lächelt mich an. Wie schnell alles hin wird, sagt sie.

Ich esse einen Apfelstrudel. Das Handy läutet. Ich bin schneller als meine Frau und halte das Handy ans Ohr. Hallo Papa, sagt John, wie geht es dir? Dass du dich auch einmal meldest, sage ich, Mama ist schon nervös. Ich hab viel zu tun, sagt er. Geht es dir gut?, sage ich. Ja, sagt er, morgen fahren wir nach Plymouth, das Schiff von Nelson besichtigen. Und der Unterricht?, sage ich. Der ist am Vormittag, sagt er. Und die Gruppe, sage ich, ist die okay? Ja, sagt er. Keine Probleme?, sage ich. Nein, sagt er. Dann sagt er: Ein paar gibt es, die nerven mich. Du musst dich zur Wehr setzen, sage ich. Ja, sagt er. Du darfst dir nicht alles gefallen lassen, sage ich. Nein, sagt er, tu ich eh nicht. Du musst dich behaupten, sage ich. Ja, sagt er. Gib her, sagt meine Frau, ich will auch mit ihm reden. Mama will auch mit dir reden, sage ich, mach's gut, John, lass dich nicht unterkriegen. Mach ich, sagt er. Gib endlich her, sagt meine Frau und nimmt mir das Handy aus der Hand. Wie geht es dir?, sagt sie. Sie sagt: Was macht das Essen? Speck und Toast isst du ja gern. Und renn nicht halb nackt herum, wenn es regnet. Ja, uns geht es gut. Wir sitzen hier im Kaffeehaus in Bad Aussee. Ja, wo du immer das Eis gegessen hast. Hallo, ruft sie, hallo! Was ist mit diesem Scheißtelefon, sagt sie. Sie wählt Johns Nummer. Aber es gibt keinen Empfang. Sie probiert es noch einmal. Sie legt das Handy vor sich auf den Tisch. Sie sagt: Das Frühstück schmeckt ihm am besten, sagt er, sonst ist das Essen eben sehr englisch. Sie lacht. Einen Appetit auf Schweinsbraten hätte er, sagt er, sagt meine Frau, auf einen vom Sommersbergersee. Sie schaut auf das Handy. Sie trinkt ihren Kamillentee.

Am Nachmittag schlafe ich tief und fest auf der Terrasse. Als ich aufwache, sind die Wolken verflogen. Der Rest des Kaffees neben mir ist kalt und Tiere schwimmen darin herum. Meine Frau raucht eine Zigarette und hält ihr Handy im Schoß. Gut geschlafen?, sagt sie. Ja, sage ich. Sie sagt: Bei drei Stellen hab ich mich beworben und keine rührt sich. Es wird schon, sage ich. Du immer mit deinem Optimismus, sagt sie. Sie sagt: Rosi hat sich ununterbrochen beworben und nichts gekriegt. Ich denke: Ich sollte Bernd anrufen. Meine Frau sagt: Die Babypause ist eine Endstation, danach kommt nichts mehr. Es wird schon was kommen, sage ich. Meine Frau sagt: Eine Horrorvorstellung, die Kinder sind weg, und Arbeit hab ich auch keine. Die werden dir schon noch eine Weile bleiben, die Kinder, sage ich. Aber nicht ewig, sagt sie, und was mach ich dann? Daheim sitzen und warten, bis sie anrufen, wie jetzt? Sie sagt: Hoffentlich hältst wenigstens du noch durch bis dahin. Ich will nicht durch die Zimmer gehen und niemand ist da.

Ich schaue über den See zum Schloss. Wie immer stehen die leeren, weißen Liegestühle am Strand. Ich denke:

Jetzt ist Bernd daheim, jetzt könnt ich ihn anrufen. Meine Frau sagt: Glaubst du, dass wir die Kinder oft sehen werden, wenn sie ausgezogen sind? Ich denke schon, sage ich. Dass sie uns einladen?, sagt sie. Warum nicht?, sage ich. Wenn sie eine eigene Familie haben?, sagt sie. Haben wir unsere Eltern oft eingeladen?, sagt sie. Und die Schwiegertochter, die Schwiegersöhne, wer weiß, wie die sind, sagt sie. Normalerweise sind die nicht begeistert, wenn ständig die Mama antanzt, sagt sie. Du musst ja nicht ständig antanzen, sage ich, das wär ja auch kontraproduktiv. Aber wenn ich es gewohnt bin, die Kinder um mich zu haben, sagt sie. Ich bin ja auch noch da, sage ich, und wenn ich nicht mehr da bin, wirst du sicher Freundinnen haben und einen Freund. Meine Frau sagt: Ein anderer Mann kommt mir nicht mehr ins Haus. Das sagst du jetzt, sage ich. Sie sagt: Ich weiß nicht, ob ich mir das noch einmal antue. Was soll denn das heißen?, sage ich. Auf deine Eigenheiten bin ich eingestellt, sagt sie, aber mich auf neue Eigenarten einstellen, wozu? Sex, sage ich, Sex wirst du doch brauchen, oder? Vielleicht, sagt sie, aber deswegen gleich mit wem zusammenleben? Ich sage: Auf Dauer allein sein ist aber auch nicht witzig. Wer weiß, sagt sie. Sie steht auf, klopft sich Asche vom Badeanzug und sagt: Willst du auch ein Glas Wein? Gute Idee, sage ich. Ich sage: Genauso werden wir es halten, wenn die Kinder weg sind. Das sicher, sagt sie lachend, und wegfahren, nach Mexiko wollt ich immer schon. Dann fahren wir, sage ich. Was, echt?, sagt sie. Ganz echt, sage ich. Sie schaut mich an. Und das soll ich dir glauben?, sagt sie, lacht auf, küsst mich und geht ins Haus.

Bella geht es gut, sagt meine Frau. Hat sie angerufen?, sage ich. Nein, sagt meine Frau, ich hab sie angerufen. Und?, sage ich. Meine Frau sagt: Sie sind in Avignon und wollen weiter an die Cote d'Azur. Ein Mann hat sich angeboten, sie morgen in seinem Auto mitzu nehmen, in einem Cabrio. Aber ich will nicht, dass sie jemand in einem Auto mitnimmt, schon gar nicht in einem Cabrio. Sie sagt: Sie haben doch ein Bahnticket. Warum fahren sie nicht mit der Bahn, wie sie bisher mit der Bahn gefahren sind? Ja, sicher, sie hat gesagt, dass sie nicht mitfahren wird, sagt meine Frau. Aber erst, als ich auf sie eingeredet hab und sie beschworen hab, ja nicht mit dem Auto zu fahren. Trotzdem, sagt sie, ganz sicher bin ich mir nicht, ob sie nicht doch mitfährt. Sie sind ja zu dritt, sage ich. Eben, sagt sie, wenn die anderen unbedingt mitfahren wollen, dann wird sie auch mitfahren. Wer weiß, sage ich. Sicher wird sie mitfahren, sagt meine Frau, oder glaubst du, sie wird sich lächerlich machen und sagen, Mama hat es verboten, und nicht mitfahren? Sie sind siebzehn, sage ich. Na, und?, sagt meine Frau. Es sind schon viel Ältere irgendwo eingestiegen und nicht mehr zurückgekommen. Sie trinkt das Glas rasch leer. Jetzt beruhige dich, sage ich. Meine Frau sagt: Da redet man, da macht man aufmerksam auf Gefahren, da schärft man ein, dass sie in kein fremdes Auto einsteigen soll, und was macht sie? Sie steigt in ein fremdes Auto ein. Aber sie steigt doch überhaupt nicht ein, sage ich. Sie hat doch gesagt, dass sie nicht einsteigt, sage ich, oder? Meine Frau schenkt sich ein weiteres Glas ein, nimmt eine Zigarette, geht vor mir auf und ab. Ich kann nur hoffen, sagt sie, dass, wenn sie wirklich einsteigt, alle drei einsteigen und nicht nur Bella. Aber wenn der sagt, leider, ich hab nur für eine Platz, dann traue ich ihr zu, dass sie auch allein einsteigt, dass sie sich denkt, großartig, ein Cabrio, großartig, an der Cote d'Azur mit einem Cabrio, und dass sie sich denkt, ein netter Mann, warum nicht mit dem netten Mann an die Cote d'Azur mit einem Cabrio. Meine Frau sagt: Wäre sie doch nur noch mit Paul zusammen, der war okay. Da wären sie vielleicht hier. Sie wären nicht hier, sage ich. Oder in einem Club am Meer. Da könnte ich ruhiger schlafen. Jetzt brems dich ein, sage ich. Und komm, sage ich, ich hab Hunger. Wie du jetzt ans Essen denken kannst, sagt meine Frau, es geht um deine Tochter.

Meine Frau sagt, während wir an dem Festzelt vorbeigehen und die Blasmusik hören und an den Kindern, die im Dunkeln davor herumlaufen und spielen, manche halten sich an den Händen und tanzen: Hier haben auch unsere Kinder gespielt. Damals war auch das Festzelt hier. Erinnerst du dich? Und John hat seinen Pullover hier vergessen, was wir erst zu Hause bemerkt haben. Wir haben geschimpft mit ihm. Und ich bin nochmals heruntergelaufen, um den Pullover zu suchen, den wir erst am Vortag gekauft haben. Und er ist immer noch hier auf der Bank gelegen. Auf dieser?, sage ich. Genau auf dieser, sagt meine Frau.

Meine Frau sagt: Ich will meine Babys wieder haben. Ich will nicht, dass ich nicht sehe, wie es ihnen geht. Dass ich nicht sehe, was sie tun. Dass ich in einem Moment mit ihnen rede und im nächsten nicht mehr. Dass ich nicht weiß, was in diesem nächsten Moment geschieht, in diesem winzigen Moment danach, wo alles Mögliche geschehen kann, wo Geschichten beginnen können, die eben kurz vorher, wie ich noch mit ihnen geredet habe, noch nicht begonnen haben, und die Auswirkungen haben können, die sie nicht sehen, die vielleicht ich sehen könnte, wenn ich bei ihnen wäre. Die ich aber so nicht sehen kann.

Meine Frau sagt: Ich fühle mich ohnmächtig. Ich hätt' mir nie gedacht, dass ich meinen Kindern gegenüber einmal so ohnmächtig sein würde. Hättest du dir das gedacht? Dass sie einmal ihrer Wege gehen würden, war mir klar, aber dass das mit so einer Ohnmacht verbunden ist, war mir nie klar. Sie sagt: Vielleicht war es mir klar, aber so klar gefühlt habe ich es nie. Sie sagt: Früher war unser Zuhause für sie immer größer als die Welt. Heute ist für sie die Welt größer als unser Zuhause. Und in dieser Welt bin ich nicht mehr, sagt sie, in dieser Welt sind wir beide nicht mehr.

Dabei kann ich mich genau erinnern, wie du gesagt hast, du könntest sie einzeln aus dem Fenster werfen, sage ich. Meine Frau lacht. Nicht so laut, sagt sie und schaut sich um. Und wie du im Zimmer auf- und abgelaufen bist und geschrien hast: Diese Matheschularbeit war doch wirklich keine Hexerei! Was hat die nur im Hirn, diese Bella. Und wieso schafft John, dieser Analphabet, in seinem Aufsatz keinen einzigen geraden deutschen Satz! Und wieso braucht Lili drei Stunden für eine Rechnung! Die bleibt ja schon in der Volksschule sitzen! Und wie du geschrien hast: Was hab ich nur für Kinder! Du bist nicht blöd, ich bin nicht blöd, wieso sind dann unsere Kinder so blöd! Das hab ich nicht gesagt, sagt meine Frau lachend. Das hast du gesagt, sage ich. Nein, sagt sie, ich als vorbildliche Mutter würde so etwas nie so über meine Kinder sagen. Und wie du ausgerufen hast, sage ich: Wunderbar!, heut schläft Lili bei Sabrina, und herrlich!, heut schläft Bella bei Annette, und wie wohltuend!, jetzt ist John überhaupt zwei Tage unterwegs mit Chris und Benni! Was für eine Wonne, diese Sargnägel los zu sein! Das soll ich gesagt haben?, sagt meine Frau. Ausgeschlossen!

Dann sitzen wir doch im Festzelt. Ich kann mich genau erinnern, wie wir im Festzelt gesessen sind, eingezwängt zwischen Leuten, trinken Bier, und meine Frau sagt, als die Kapelle eine Polka spielt: Weißt du, wann wir beide das letzte Mal Polka getanzt haben? Ja, sage ich, bei der Hochzeit von der Brigitte. Genau, sagt meine Frau. Dass du dich daran erinnern kannst. Was ist mit Brigitte?, sage ich. Was soll mit ihr sein?, sagt meine Frau. Geschieden ist sie, das weißt du doch. Nein, sage ich, und die Kinder? Sind bei ihr, sagt meine Frau, aber hauptsächlich laufen sie hin und her, zwischen Papa und Mama. Meine Frau sagt: Er hat eine Neue und fährt ständig weg, da müssen die Kinder zu ihr. Sie hat einen Neuen und fährt ständig weg, da müssen sie zu ihm. Meine Frau sagt: Dass Lili nicht anruft. Gestern hat sie auch nicht angerufen. Und ich erreiche sie nicht. Sie sagt: Eigentlich könnten wir vorbeifahren am Englisch-Camp, wenn wir zurückfahren nach Wien, und sie besuchen. Nein, sage ich, sie wird schon anrufen. Wenn nur nichts passiert ist, sagt meine Frau. Dann hätte schon jemand angerufen, sage ich. Unsere Nummer haben sie doch, sage ich, oder? Ich denke: Nein, nicht Bernd. Ich werde Susanne anrufen. Gleich morgen früh. Susanne weiß immer am besten Bescheid, was in der Firma läuft.

Da packt mich meine Frau am Arm, ich spüre den Griff noch, ein fester, entschiedener Griff, sodass ich erschrecke, beinahe hätte ich mein Glas umgestoßen, zieht mich ein Stück über den Tisch, lächelt und sagt: Jetzt würde ich auch gern tanzen. Ich zögere. Sie aber ist bereits aufgestanden, zerrt an meinem Sakko. Jetzt komm endlich, sagt sie. Die Leute am Nebentisch beobachten uns und lachen. Eine Frau winkt mir aufmunternd zu. Eine Polka folgt der anderen. Wir drehen uns schnell. Der Platz wird eng. Wir tanzen zwischen den Tischen vor bis zur Bühne und wieder zurück. Mir rinnt der Schweiß über den Rücken. Ich mache Anstalten, aufzuhören und zum Tisch zurückzukehren. Aber meine Frau hält mich umklammert, treibt mich an. Was ist los, alter Mann, ruft sie, tanzen! Und drängt mich erneut zwischen den Tischen durch bis zur Bühne, wo wir, weil uns Tanzende den Weg versperren und wir nicht mehr zurückkönnen, vor der Bühne auf- und abtanzen müssen, mehr und immer mehr Leute drängen auf die Tanzfläche, ich trete auf Füße und fürchte, über Füße zu stolpern, Ellbögen werden mir in die Rippen gerammt, ich verliere meine Frau zwischen den Tanzenden, fange sie wieder ein, drehe mich schnell mit ihr, von klatschenden, singenden Umstehenden angefeuert, von den Tanzenden weiter und weiter getrieben, an der Bühne vorbei, bis in die hintere Ecke des Zelts, wo sich plötzlich eine Öffnung auftut ins Freie, und schon tanzen wir, bedrängt von anderen, hinaus, eine junge Frau, ich sehe sie noch vor mir, fliegt lachend an mir vorbei, mit ungewöhnlich großer Lücke zwischen den Schneidezähnen, der Kies knirscht, wir fürchten auszurutschen, und ich sehe nach jeder immer noch schnellen Drehung hinter den Bäumen die dunkle, ruhige Fläche des Sees und am anderen Ufer das Schloss mit erleuchteten Fenstern, Licht, rufe ich, da ist Licht!, welches Licht, ruft meine Frau, wo?, ehe uns der Schwung der Drehungen mit der ausklingenden Musik wieder hineintreibt ins Zelt, wir uns in der Mitte der Tanzfläche wiederfinden zwischen den spärlicher gewordenen Tanzpaaren, gerade lösen sich wieder zwei voneinander, gehen Hand in Hand, einander anlachend, zwischen den Tischen durch und sind plötzlich verschwunden, dann sehe ich sie, abgewandt von uns an einem der Tische sitzen, erschöpft und durstig nach den Gläsern greifen.

Jetzt möcht ich aber auch was trinken, sage ich keuchend und steure auf unseren Tisch zu. Moment, sagt meine Frau und hält mich fest. Was ist?, sage ich. Hörst du?, sagt sie. Was?, sage ich. Dieses langsame Lied, sagt sie. Was ist damit?, sage ich. Sie legt mir beide Arme um den Hals. Schwindlig?, sage ich. Sie lacht. Sie drängt mich in die Mitte der Tanzfläche zurück. Ich hab geglaubt, dir ist schwindlig, sage ich. Wir machen kleine Schritte und legen die Köpfe aneinander. Du erinnerst dich?, sagt sie. Was?, sage ich. Wo wir das zum letzten Mal getanzt haben?, sagt sie. Bei der Hochzeit von der Brigitte, sage ich. Nein, sagt meine Frau. Wo sonst, sage ich, wo haben wir das getanzt? In Viareggio, sagt sie, auf einer deiner Geschäftsreisen. In Viareggio?, sage ich. Wir waren doch in Viareggio, oder?, sagt sie. Ja, sage ich, aber dass wir das dort getanzt haben. Meine Frau sagt: Sowieso haben wir das dort getanzt. Sie sagt: Es war ein toller Abend. Am Ende waren wir betrunken und hundemüde, aber gefickt haben wir im Hotel, dass die Wände gewackelt haben. Ich sage: Dort haben sie auch gewackelt? Meine Frau sagt: Die Wände haben doch überall gewackelt, wo wir hingekommen sind, damals, vor den Kindern, oder?

Gert, oder hat er Bernd geheißen?, schenkt mir ein Glas Sekt ein, es ist sein Geburtstag, nein, es ist eine Weihnachtsfeier in der Firma, und flüstert: Wir müssen uns auf das Ärgste gefasst machen.

In Amsterdam kennt sich meine Frau gut aus. Wir sind oft dort gewesen. Sie geht die Straße vom Konzerthaus hinunter, an dem Zigarrengeschäft links vorbei, wo ich mir gelegentlich meine kubanischen Zigarren gekauft habe. Meine Frau bleibt stehen und sieht in die Auslage. Sicher denkt sie: Hier hat mein Mann immer seine kubanischen Zigarren gekauft. Weiter unten an einer der Ecken rechts ist noch immer das Kindermodengeschäft, das meine Frau jedes Mal begeistert hat. Nie konnte sie daran vorübergehen, ohne es zu betreten, sich alle Kleidungsstücke genau anzusehen und schließlich für Bella und später für Lili einzukaufen. Sie betritt auch diesmal das Geschäft, schaut sich alles genau an und kauft ein rosa Babyjäckchen. Sie verstaut es sorgfältig in ihrer Handtasche. Zum Vondelpark, den sie durchquert, ist ihr, wenn sie davon erzählt hat, immer nur der Hundekot eingefallen und die Schwierigkeiten, die sie gehabt hat, mit dem Kinderwagen dem Hundekot auszuweichen oder ein Plätzchen auf dem Rasen zu finden, wo John herumkriechen kann, ohne in einen Hundekot zu tappen.

Das *Café de Jaren* war von Anfang an unser Lieblingscafé. Lili sitzt ganz vorn an den großen Fenstern und raucht. Meine Frau entdeckt sie nicht gleich. Lili hat eine andere Frisur. Sie hat die Haare kurz geschnitten und dunkel gefärbt und trägt eine Sonnenbrille. Sie umarmen sich. Sie halten sich eine Weile fest aneinandergepresst. Fast hätte ich dich nicht erkannt, sagt meine Frau und betrachtet sie aufmerksam. Sie sagt:

Bist du schlanker geworden? Vielleicht, sagt Lili, wann haben wir uns das letzte Mal gesehen? Vor einem Jahr, sagt meine Frau. Das ist schon wieder ein Jahr her?, sagt Lili, kaum zu glauben. Wie geht es dir in Brüssel?, sagt meine Frau. Gut, sagt Lili. Lili sagt: Ich hab dir ja gemailt, ich bin jetzt zuständig für die Sitzungsprotokolle. Interessant?, sagt meine Frau. Wie man es nimmt, sagt Lili, jedenfalls weniger Arbeit als vorher, ich hab einige Mitarbeiter unter mir. Und das Gehalt?, sagt meine Frau. Um einiges aufgebessert, sagt Lili lachend. Sie legt meiner Frau die Hand auf den Arm. Und wie geht es dir?, sagt sie, was macht das Herz? Seit den Bypässen, sagt meine Frau, alles unter Kontrolle. Lili sagt: Und sonst? Sie schauen sich in die Augen. Was willst du trinken?, sagt Lili. Ah, John ist auch schon da, sagt sie. John? Wo ist John?, sagt meine Frau, steht auf und geht ein paar Schritte, um an dem Pult mit den Zeitungen vorbei und zwischen den Leuten durch besser zum Eingang des Cafés sehen zu können.

Wieso hast du das Mama erzählt, sagt Lili heftig. Sie greift nach der Zigarettenpackung. Warum sollte ich nicht, sagt John lachend. Weil ich es selber erzähle, wenn ich es erzählen will, sagt Lili. Sie sagt: So wie du früher immer die Pointe verraten hast. Ich erzähle einen Witz, und bevor ich noch fertig bin damit, erzählst du schon die Pointe. Jetzt reg dich nicht auf, sagt John, dieser Marcel war eh das Letzte. Das sagst ausgerechnet du, sagt Lili, deine Anica oder wie sie heißt ist ja überhaupt zum Kotzen, hässlich und dumm wie die Nacht, und vor allem will sie dauernd alles unter Kontrolle haben. Die macht mich fertig. Du kennst sie?, sagt meine Frau. Leider, sagt Lili, und wie sie John behandelt: Mach das! Mach das! Gib das weg! Bring das her! Lili sagt: Ein zweites Mal fahr ich sicher nicht mehr hin. Sie hat sich auch schrecklich aufgeführt, sagt John zu meiner Frau. Ich hab mich schrecklich aufgeführt?, sagt Lili. Dass ich nicht lache. Lach ruhig, sagt John. Er sagt: Wir erzählen ihr, dass es uns gefällt in Den Haag, ich erzähl ihr, welche neuen Computerspiele ich gerade entwickle, und sie hört überhaupt nicht zu, erzählt dauernd von Brüssel, und was für eine große Nummer sie ist im EU-Parlament und wie toll Marcel ist und dass sie dabei sind, ein Kind zu machen. Hast du das auch Mama erzählt, mit dem Kind?, sagt Lili. Sicher, sagt John. Du bist ja wirklich das Letzte, sagt Lili. Aber was ist denn dabei, sagt meine Frau, wenn du ein Kind kriegst? Sie sagt: Ist das wahr mit dem Kind? Sicher ist es wahr, sagt John. Jetzt halt endlich den Mund, sagt Lili, das geht dich überhaupt nichts an. Ja, sagt Lili, das haben wir geplant. Und?, sagt meine Frau. Nichts und, sagt Lili, wir haben uns getrennt und Schluss. Und das Kind?, sagt meine Frau. Sie hat es abgetrieben, sagt John. Du sollst das Maul halten!, sagt Lili. Wieso kann der nicht das Maul halten! Du hast es abgetrieben?, sagt meine Frau. Ich wollte Marcel nicht mehr, und da wollt ich auch das Kind nicht mehr, sagt Lili, ist das so schwer zu begreifen? Nein, sagt meine Frau, aber ... Was mach ich allein mit einem Kind in Brüssel?, sagt Lili. Kannst du mir das verraten? Das muss man sich halt vorher überlegen, sagt John. Ein Wort noch und ich geh, sagt Lili. Kinder, bitte!, sagt meine Frau. Sie greift nach den Händen von John und Lili und hält sie fest. Sie sagt: Könnt ihr denn nicht einmal aufhören zu streiten? Sie sagt: Jetzt wo ihr euch so selten seht, wo ihr so weit weg wohnt voneinander, hab ich mir gedacht, dass das endlich aufhören wird. Er kann nicht aufhören, sagt Lili. Du fängst ja schon wieder an, sagt John. Schau doch nur, wie er schaut, sagt Lili, immer dieser spöttische Blick. Ich hab überhaupt keinen spöttischen Blick, sagt John, Mama, hab ich einen spöttischen Blick? Ich schau einfach. Darf ich nicht schauen? Lili sagt: Du schaust nicht, du lauerst auf eine Gelegenheit, mir eine hineinzuwürgen. Bitte, sagt meine Frau, jetzt sehen wir uns einmal im Jahr, und ich wünsche, dass ihr euch vertragt, wenigstens dieses eine Mal im Jahr. Sie sagt: Ihr seid doch Geschwister. Ich werdet einander sicher irgendwann einmal brauchen. Wenn er so ein Arschloch ist, sicher nicht, sagt Lili. Und was bist du, du blöde Zicke?, sagt John. Auf so was wie dich kann ich leicht verzichten. Kinder, bitte!, sagt meine Frau, oder soll ich gehen?

Setzen wir uns doch hinaus auf die Terrasse, sagt John, ein Tisch ist frei. Lili sagt: Ich will nicht. Aber es ist schön, am Wasser zu sitzen, sagt John. Wenn ihr wollt, sagt meine Frau. Und sie denkt sicher: Euer Papa ist gern da draußen gesessen, ganz nahe am Wasser. Nein, sagt Lili. Sie bestellt sich ein weiteres Getränk. Sie sagt: Und du bist echt mit dem Zug hergefahren? Meine Frau sagt: Seit Papas Tod steig ich in kein Flugzeug mehr. Eine lange Reise, oder?, sagt John. Ich hab viel Zeit, sagt meine Frau, mehr als ich brauche.

John sagt: Wieso ist Bella nicht gekommen? Meine Frau sagt: Bella ist immer noch in Amerika. John sagt: Ich hab sie schon lang nicht mehr gesehen. Wie sieht sie aus? Gut, sagt meine Frau. Lili sagt: Sie hat mir geschrieben. Sie hat dir geschrieben?, sagt John. Ja, sagt Lili, was dagegen? Wo ist sie überhaupt?, sagt John. Auf einem Kardiologenkongress, sagt meine Frau, in San Francisco. Aber sie bleibt in Wien, sagt John, oder? Ich hoffe es, sagt meine Frau, aber es zieht sie hinaus, das spür ich. Wieso auf einmal, sagt John, sie war doch immer die Sesshafteste von uns? Meine Frau sagt: Seit es mit ihrem Freund aus ist. Das hat sie sehr getroffen. Mich übrigens auch, sagt sie, er war ein netter Mensch. Was war das Problem?, sagt Lili. Ich weiß es nicht, sagt meine Frau. Sie sagt: Mütter erfahren ja nie etwas. Und ich dring nicht in sie. Aber du kannst sie doch fragen, sagt John. Du kennst doch Bella, sagt meine Frau, das bringt nichts. Wollen wir nicht essen gehen?, sagt John.

Nein, sagt meine Frau, nichts Neues. Sie nimmt sich Reis und etwas von dem scharfen Hühnchen auf den Teller. Lili sagt: Dass man die Leiche noch immer nicht gefunden hat. John sagt: Wieso soll man die auf einmal gefunden haben, jetzt nach drei Monaten? Könnte ja sein, sagt Lili. Nein, sagt meine Frau, und man wird sie auch nicht mehr finden. Aber sie müsste ja da sein, sagt Lili, oder? Ja, irgendwo dort im Dschungel sicher, sagt meine Frau, aber was soll da noch da sein von ihm? Das Flugzeug ist explodiert. Nicht nur das Flugzeug ist in kleine Teile zerrissen worden und auf mehrere Quadratkilometer verstreut. Und dann gibt es jede Menge Tiere, sagt John. Ich will nicht dran denken, sagt meine Frau. Aber es ist so, sagt John. Lili sagt: Du sollst aufhören damit. Sie sagt: Ich will mir das auch nicht mehr vorstellen müssen. Sie sagt: Ich hab mir das oft und oft vorgestellt, vorzustellen versucht, aber ich kann es mir nicht wirklich vorstellen, Stücke von Papa, die im Wald herumliegen. Und wir sehen sie nicht. Wir können nicht hin. Wir können sie nicht einsammeln. Sie sagt: Sicher, wir wissen, dass sie dort sind, dass wir hinfahren könnten, uns durch diesen Dschungel kämpfen, und wir würden auch dort wissen, da ist er irgendwo, da liegt irgendwo ein Stück von ihm, das wir gut kennen, das wir mitnehmen könnten, aber wir würden es nicht finden. Dort gibt es nichts mehr von ihm, sagt John, das wir kennen könnten. Er sagt: Wie soll ich von einem Stück Fleisch, das herumliegt, oder von einem Stück Knochen wissen, dass das von Papa ist. DNS-Analyse, sagt Lili. Aber sicher nicht mitten im Urwald, sagt John. Wer redet denn von mitten im Urwald?, sagt Lili. Und dann erkenne ich auf einmal Papa in dem Stück, wenn jemand sagt, das ist euer Papa?, sagt John. Aber so hätten wir ein Stück von ihm, sagt Lili, das könnten wir begraben. Dann wüssten wir, hier liegt Papa. So liegt er nirgendwo. So haben wir nichts von ihm.

Meine Frau hat zu essen aufgehört. Sie greift in ihre Handtasche. Sie sucht ein Taschentuch. Sie berührt das Päckchen mit dem Babyjäckchen. Sie erschrickt leicht, schaut auf, ob einer von den beiden etwas bemerkt hat, und drückt es tiefer in die Tasche. Hört auf, sagt sie. Sie nimmt die Brille ab, trocknet sich mit dem Taschentuch die Augen.

Lili sagt: Ich kann nicht mehr, lehnt sich zurück und greift nach den Zigaretten. Endlich hörst du zu essen auf, sagt John lachend und schaufelt sich die Reste aus den Schüsselchen auf seinen Teller. Er sagt: Ich liebe dieses thailändische Essen. Er sagt: Auch wenn ich wieder einmal Appetit hätte auf einen Schweinsbraten. Vom Sommersbergersee, sagt Lili. Vom Sommersbergersee, sagt John. Wusste ich es doch, sagt sie. Sie sehen sich an. Sie lächeln sich an. Meine Frau schaut ihnen zu, wie sie sich anlächeln und nicht aufhören, sich anzulächeln, und lächelt auch. Ja, sagt sie, vom Sommersbergersee. Sie sagt: Der war toll, der Schweinsbraten, nicht? Schon allein der Geruch davon, sagt John. Ja, sagt Lili, so mürb und zart und saftig. Hat Bella auch immer gesagt, sagt John, oder? So mürb und zart und saftig. Den hättet ihr jeden Tag essen können, sagt meine Frau, oder? Spielend, sagt Lili. Aber auch Papa, sagt John. Ja, Papa, sagt Lili, Papa und sein Schweinsbraten. John sagt: Hoffentlich hat er genug davon gegessen. Was meinst du?, sagt meine Frau. John sagt: Er ist doch einmal in der Sonne gelegen, und du hast gesagt, ist dir nicht zu heiß, und er hat gesagt, nein, ich kann nicht genug kriegen, es muss reichen für die Ewigkeit. Oder hat er das nicht gesagt? Ja, sagt meine Frau, aber wieso weißt du das, du warst ja gar nicht dabei? Dann musst du es mir erzählt haben, sagt John. Ich kann mich nicht erinnern, dass ich dir das erzählt habe, sagt meine Frau.

Fährst du heuer wieder hin?, sagt Lili. Wohin?, sagt meine Frau. An den Grundlsee, sagt Lili, zum Sommersbergersee. Ich allein?, sagt meine Frau. Mit Bella, sagt Lili. Bella fährt dort schon lange nicht mehr mit, sagt meine Frau, so wie ihr. Schenkst du mir eine Zigarette?, sagt sie. Du rauchst wieder?, sagt Lili.

Meine Frau sagt: Dabei hat Papa überlegt, ob er nicht kündigen soll. Er wollte kündigen?, sagt John. Ja, sagt meine Frau, nachdem die Firma nach Asien verkauft worden ist, hat er kündigen wollen. Aber warum?, sagt John. Meine Frau sagt: Er wollte nicht ständig nach Asien fliegen. Sie sagt: Diese Fliegerei in Asien war ihm zu unsicher. Die schlecht gewarteten Flugzeuge, dauernd Kriege, dauernd irgendwelche Rebellen, die Flugzeuge abschießen. Sie sagt: Er hat gewusst, in seiner Position wird ihm nichts anderes übrig bleiben, als ständig nach Asien zu fliegen. Und er ist ja auch ständig geflogen. Das hat er dir gesagt?, sagt Lili.

Was?, sagt meine Frau. Dass er kündigen will, sagt Lili. Nein, sagt meine Frau, Bernd hat es mir erzählt. Wann?, sagt John. Jetzt erst, sagt sie. Sie sagt: Wenn ich das gewusst hätte. Sie sagt: Wenn Papa gewusst hätte, dass ich es weiß, dass ich gar nichts dagegen gehabt hätte, vielleicht hätte er dann doch gekündigt.

Meine Frau sagt: Erinnert ihr euch noch, einmal sind wir nach Hallstatt gefahren ins Bergwerk. Da gibt es eine lange Rutsche, die die Bergleute benutzt haben, um schneller von dem oberen Stollen zum unteren zu kommen. Ich kann mich erinnern, sagt John, da geht eine Bahn sehr steil den Berg hinauf zum Eingang. Wo du dich nicht getraut hast hinunterzuschauen, sagt meine Frau. Na, sicher hab ich mich getraut, sagt John. Und die Rutsche wolltest du auch nicht hinunterrutschen, sagt sie. Ich bin aber hinuntergerutscht, sagt John. Ja, mit mir, sagt meine Frau, allein hast du dich nicht getraut. Lili sagt: Du hast dich nicht getraut, eine Rutsche hinunterzurutschen? Freilich hab ich mich getraut, sagt er, wieso soll ich mich nicht getraut haben? Außerdem war das keine Rutsche wie am Kinderspielplatz, sagt John, sondern sehr lang und steil und hat ins Dunkel geführt. Ins Dunkel hat sie nicht geführt, sagt meine Frau. Ich kann mich genau erinnern, sagt John, sie hat ins Dunkel geführt. Aber ich bin hinuntergerutscht, sagt Lili, oder? Mit Papa, sagt meine Frau, Papa hat dich zwischen die Beine genommen und ist mit dir hinuntergerutscht. Du hast dich auch nicht getraut, sagt John. Doch, sagt Lili, natürlich hab ich mich getraut, aber ich hab mit Papa rutschen wollen. Kannst du dich noch daran erinnern?, sagt meine Frau. Aber sicher, sagt Lili. Kannst du gar nicht, sagt John, da warst du ja noch viel zu klein. Ich kann mich aber erinnern, sagt Lili, ich bin zwischen den Beinen vom Papa gesessen und bin hinuntergeruscht. Und es war schön. Und es war lustig mit Papa hinunterzurutschen. Meine Frau lacht. Was lachst du denn?, sagt Lili. Dann kannst du dich sicher auch erinnern, dass dich Papa immer auf der Schulter getragen hat, den ganzen Weg vom Grundlsee bis zur Fischerhütte. Natürlich, sagt Lili, ich kann mich an alles erinnern. Mich hat Papa doch auch auf der Schulter getragen, sagt John, oder? Sicher, sagt meine Frau. Sie sagt: Einmal vom Grundlsee bis nach Altaussee. Ich kann mich erinnern, sagt John. Du warst ja auch noch viel zu klein, sagt Lili, wie willst du dich daran erinnern können? Ich kann mich auch an alles erinnern, was ich mit Papa gemacht habe, sagt John, nicht nur du.

Ich muss fahren, sagt Lili. Jetzt schon?, sagt meine Frau. Ich muss am Abend in Brüssel sein, sagt Lili, Besprechung. Meine Frau sagt: Wann hast du einmal keine Besprechung? Und wann kommst du wieder nach Wien? Frühestens im September, sagt Lili, aber vielleicht einmal zwischendurch übers Wochenende. Das wär schön, sagt meine Frau. Sie drückt Lili an sich. Das tut mir aber leid mit deinem Freund, sagt sie, ich hätte ihn gern kennengelernt. Ach was, sagt Lili, ist es der nicht, ist es ein anderer. Das sagst du nur so, sagt meine Frau, ich kenn dich doch. Und bitte fahr vorsichtig. See you, sagt John. Er gibt Lili die Hand. Eben, sagt meine Frau, in Wirklichkeit seid ihr ja gar nicht so weit auseinander.

Lili winkt beim Fenster herein, als sie draußen vorbeigeht. Meine Frau winkt zurück. Sie winkt auch noch, als schon jemand anderer am Fenster vorbeigeht und hereinsieht. Ich trinke noch aus, sagt John, dann muss ich auch leider. Ich begleite dich zum Bahnhof, sagt meine Frau. Sie sagt: Mein Zug geht ja erst morgen.

Sie gehen die Gracht entlang Richtung Bahnhof. Als sie den Bahnhof drüben, auf der anderen Seite des Wassers, sehen, sagt John: Wieso habt ihr eigentlich so spät Kinder bekommen? Papa war da immerhin schon vierzig. Wieso willst du das auf einmal wissen?, sagt meine Frau. Weil, wenn wir früher auf die Welt gekommen wären, hätten wir Papa länger gehabt, sagt John. Ja, sagt meine Frau, vielleicht. Sicher, sagt John. Er sagt: Deswegen, weil er so lang keine Kinder wollte? Nein, sagt meine Frau, wir haben uns doch erst spät kennengelernt. Und wieso?, sagt John. Er sagt: Hat er Frau auch keine wollen? Meine Frau lacht. Doch, sagt sie, er hat immer Frauen wollen. Das heißt, er war vorher mit einer anderen beisammen, sagt John. Meine Frau zögert ein wenig. Dann bleibt sie stehen und sagt: Papa war schon vor mir verheiratet. Er war verheiratet?, sagt John, mit wem? Mit einer anderen

Frau, sagt meine Frau. Ja, aber mit welcher?, sagt John. Kennst du sie? Meine Frau sagt: Ja, mit einer Studienkollegin. Die noch lebt?, sagt John. Ja, sagt meine Frau. Wo? In Wien?, sagt John. Ja, sagt meine Frau, wieso willst du das so genau wissen? Er sagt: Wie lang war er verheiratet? Meine Frau sagt: Fünfzehn Jahre. Und dann hat er dich getroffen, sich scheiden lassen und dich geheiratet?, sagt John. Genau so, sagt meine Frau, seine Ehe war kaputt und ich war sehr lebendig. Und Kinder hatten sie keine?, sagt John. Nein, sagt meine Frau. Sicher nicht?, sagt er. Wenn ich es dir sage, sagt meine Frau. Haben sie sich deswegen getrennt?, sagt John. Nein, sagt meine Frau, sie haben sich auseinandergelebt. Und weil du gekommen bist, sagt er. Ja, sagt sie, ich hab ihn unbedingt haben wollen. Aber ob ich ihn mit Kindern auch unbedingt hätte haben wollen, sagt meine Frau, das weiß ich nicht.

John sagt: Ich würd' die Frau gerne einmal sehen, mit der Papa verheiratet war. Nein, sagt meine Frau, warum? Aus Interesse, sagt er. Meine Frau sagt: Die ist wieder verheiratet, und ich weiß nicht, wie sie jetzt heißt und wo sie wohnt. Das ist nicht wahr, sagt John, du weißt genau, wie sie heißt und wo sie wohnt. Meine Frau lächelt und sagt: Natürlich weiß ich es. Aber du willst es nicht sagen?, sagt er. Nein, sagt meine Frau, ich will es nicht sagen. Aber ich tue ihr ja nichts, sagt John, ich will sie nur sehen. Er sagt: Ich will nur sehen, mit wem Papa fünfzehn Jahre seines Lebens ohne uns verbracht hat.

Er schaut auf die Uhr und sagt: Scheiße, der Zug! Sie gehen schneller über den Vorplatz auf den Eingang des Bahnhofs zu. John bleibt stehen und sagt: Ich laufe doch lieber voraus, sonst komm ich zu spät. Er umarmt meine Frau, sie küssen sich. Aber du kommst bald nach Wien, mich besuchen, sagt Frau. Ja, sagt John, im nächsten Monat. Und nimm deine Freundin mit, sagt meine Frau, Schlafgelegenheiten habe ich genug. Wenn du willst, sagt John. Natürlich will ich, sagt meine Frau.

Er läuft weg, bleibt aber noch einmal stehen und kommt zurück. Was ich dich noch fragen wollte, sagt er, wieso habt ihr uns das nie erzählt, das mit der ersten Ehe von Papa? Es hat nie einen Anlass gegeben, sagt meine Frau, ihr habt auch nie gefragt. Sie sagt: Und es hat im Leben unserer Familie nie eine Bedeutung gehabt, oder hast du den Eindruck, dass es irgendwann im Leben unserer Familie eine Bedeutung gehabt hat? Nein, sagt John, aber die Vorgeschichte einer Familie hat doch immer eine Bedeutung für die Familie, oder? Natürlich, sagt meine Frau, wenn du es so siehst. Sie sagt: Ohne dass die erste Ehe von Papa schiefgegangen wäre, wäre vielleicht unsere schiefgegangen. So wie sie vielleicht auch ohne meine Männergeschichten davor schiefgegangen wäre. Deine Männergeschichten, genau, sagt John, die würden mich auch interessieren. Da ist sicher auch noch manches im Dunkeln. Meine Frau lacht. Was soll da im Dunkeln sein?, sagt meine Frau. Du musst zum Zug, sagt sie. Aber in Wien kommst du mir nicht aus, sagt John lachend, dann musst du erzählen, aber wahrheitsgetreu, und vor allem das, was Papa nicht wusste, und läuft davon.

Ich beuge mich über das Geländer einer Brücke, in Rom?, in Dublin?, nein, es muss Rom gewesen sein, denn es ist eine alte, steinerne Brücke, und meine Frau sagt: Du hast da einen Fleck auf der Hand. Ist das ein Altersfleck? Aber ich sehe meine Frau nicht. Ich weiß, sie ist da, aber ich sehe sie nicht.

Wir hätten Mama nicht allein lassen dürfen, sagt Bella. Was hätte ich denn machen sollen, sagt John, wer rechnet denn damit. Er sagt: Hast du damit gerechnet? Sie ist gestorben und keiner war bei ihr, sagt Bella. Sie hat sich doch nur das Bein gebrochen, sagt John. Er sagt: Ich hab mit ihr telefoniert, ich hab sie gefragt, ob ich kommen soll, aber sie hat gesagt: Ich hab mir doch nur das Bein gebrochen, du brauchst nicht zu kommen, in drei Tagen bin ich aus dem Spital wieder draußen. Ja, sagt Bella, sagen wird sie es nicht. Du kennst doch Mama. Die hat nie gejammert. Die war immer gut drauf. Du kannst dich doch erinnern, wie wir ihren Siebziger gefeiert haben, sagt Bella. Keine Spur von: Ach, ich bin so alt, ach, ich bin so pflegebedürftig, ach, ich bin so allein. Sie hat uns nie spüren lassen, dass sie uns braucht. Sie hat immer den Eindruck verbreitet: Kinder, sorgt euch nicht um mich, mir geht es prächtig. Aber gefreut hätte es sie, wenn einer von uns gekommen wäre, sagt Bella, oder? Ja, sagt John, aber sie hat mir ja nicht einmal gesagt, dass ein Verdacht besteht auf Lungenentzündung, bei unserem letzten Telefonat, kein Wort. Erst von den Ärzten hab ich es erfahren, sagt John. Da hab ich mich sowieso gleich auf den Weg gemacht. Da war es aber schon zu spät, sagt er. Du hättest auch nicht Mama vertrauen sollen am Telefon, sagt Bella, sondern gleich den behandelnden Arzt verlangen.

Sie gehen auf die Mole hinaus, die vor der Piazza della Borsa ins Meer hinausführt. Auch Lili hat mit ihr telefoniert, sagt John, und auch Lili hat sie nichts gesagt. Ja, sagt Bella, trotzdem mach ich mir Vorwürfe. Du nicht? Doch, sagt John, natürlich. Sie sagt: Wenn ich mir vorstelle, sie hat drei Kinder und alle sind in der Welt draußen. Nur einige Freundinnen kommen zu Besuch. Die sicher fragen: Und wo sind die Kinder? Und ich kann mir gut vorstellen, was sie gesagt hat, sagt John, die Kinder sind beschäftigt, die kommen schon noch. Die sollen sich wegen mir und meinem gebrochenen Bein keine Umstände machen. Und sicher hat sie von uns erzählt, sagt Bella, und sicher voll Stolz, was du in Den Haag machst, was Lili in Brüssel macht, was ich in Baltimore mache. Und du weißt ja, was das für ein Schock war für mich, sagt John, als ich die Tür aufmache und das Bett ist leer. Ja, sagt Bella, ich weiß. Er sagt: Ich reise ab im guten Glauben, Mama noch anzutreffen, mit einem gebrochenen Bein, und dann ist sie tot.

Sie stehen am Rand der Mole und schauen aufs Meer hinaus. Ungefähr an der Stelle, an der meine Frau und ich mit Bella und John, noch vor der Geburt von Lili, gestanden sind. Ich weiß nicht, ob wir Bella und John je davon erzählt haben. Erinnern können sich sicher beide nicht daran. Bella dürfte damals zwei gewesen sein, John vier.

Bella sagt: Es schaut ganz nach Gewitter aus. Sie zeigt auf die Wolken über dem Meer. Sie sagt: Ich glaube, wir sollten umkehren und uns eine Trattoria suchen.

Ja, sagt John. Er sagt: Immer hat Mama geglaubt, sie wird am Herz sterben. Und dann stirbt sie an einem gebrochenen Bein.

Sie gehen den Weg zurück. Am Ufer ist starker Verkehr. Sie überqueren die Piazza della Borsa. Ich glaube, da rechts in den Seitengassen gibt es mehrere Lokale, sagt John. Bella sagt: Warst du eigentlich seit dem Begräbnis schon einmal an Mamas Grab? Ja, sagt John, vor zwei Jahren. Ich komme ja nie nach Wien. Ich würde das Grab gar nicht mehr finden, sagt Bella. Ich kann mich nur mehr dunkel erinnern, es war Zentralfriedhof, drittes Tor, oder? Ja, sagt John. Wie lang war ich schon nicht mehr in Wien?, sagt Bella. Seit dem Begräbnis, oder?, sagt John. Ja, sagt Bella, und das ist jetzt vier Jahre her. Fünf Jahre, sagt John. Und wenn ich das Grab wieder finden will, wie finde ich es, sagt Bella, auf diesem riesigen Friedhof? Sie sagt: Vielleicht fahren wir jetzt doch über Wien nach Paris. Glenn kennt ja Wien überhaupt nicht. Sie sagt: Wann kommst eigentlich du wieder nach Wien? Vielleicht nächsten Sommer, sagt John, dreißigjähriges Maturatreffen. Nein, echt?, sagt Bella. Ja, sagt John, dreißig Jahre. Wir haben erst, lass mich nachrechnen, sagt Bella, das achtundzwanzigste. Sie sagt: Aber wenn du in Wien bist, vielleicht könnt ich da auch kommen. Das wär doch eine Idee, oder? Super, sagt John, wenn dich dein Mann und deine Kinder entbehren können. Die sind alle alt genug, sagt Bella, und außerdem, Glenn ist ein toller Hausmann. Ich auch, sagt John.

Ich weiß, sagt Bella. Und die Klinik?, sagt John. Das ist das kleinste Problem, sagt Bella. Sie sagt: Kannst du noch immer so gut Gulasch kochen wie Mama?

Die Tische vor der Trattoria im Freien sind alle besetzt. Gehen wir hinein, sagt Bella. Sie gehen hinein. Nein, sagt Bella, doch lieber draußen, hier ist es mir zu schwül. Sie spricht mit dem Kellner. Sie kommt zurück und sagt: Angeblich wird gleich etwas frei. Ein Tisch vorne wird frei und einer ganz hinten unter dem Vordach. Nehmen wird den, sagt Bella, da vorne? Nein, sagt John, lieber den hinten. Wenn es wirklich gewittert, sind wir in Sicherheit.

Wie geht es eigentlich Lili, sagt Bella. Gut, glaube ich, sagt John. Glaubst du?, sagt Bella. Sie sagt: Habt ihr keinen Kontakt? Doch, gelegentlich, sagt John. Er sagt: Aber wissen müsstest eigentlich du, wie es ihr geht. Ich, sagt Bella, wieso? Er sagt: Zu dir hat sie doch immer die beste Beziehung gehabt, oder? Fast mehr als zu Mama. Ja, sagt Bella, das stimmt. Der Kellner bringt die Vorspeisen. Bella sagt: Wie lange ich schon keine Spaghetti vongole gegessen habe. Gibt es die nicht in Baltimore?, sagt John. Sicher, sagt Bella, aber gegessen hab ich sie dort noch nie.

Sie sagt: Es ist wahr, von Lili hab ich in letzter Zeit wenig gehört. Weniger als sonst?, sagt John. Viel weniger, sagt Bella. Und wieso, glaubst du?, sagt John. Bella sagt: Genau weiß ich es nicht. Sie sagt: In ihrem letzten

E-Mail hat sie etwas von Schwierigkeiten erwähnt, die ihr Freund hat, wegen einer Korruptionsgeschichte in der EU, in die er verwickelt sein soll. Sie sagt: Aber auch privat scheint es nicht so gut zu laufen. Näheres?, sagt John. Wollte ich wissen, sagt Bella, aber sie hat nicht geantwortet und sich seitdem nicht mehr gemeldet. Sie sagt: Ich hab den Eindruck, sie wechselt ihre Freunde oft, oder? Darüber erzählt sie mir nichts, sagt John. Er sagt: Bei Mamas Begräbnis hat sie jedenfalls nicht sehr glücklich gewirkt. Mamas Tod hat sie auch sehr getroffen, sagt Bella. Ja, sagt John, das stimmt. Aber nicht mehr als uns, oder? Er sagt: Getroffen hat sie vor allem, dass sie Mama nicht besucht hat, wie sie es ihr versprochen gehabt hat. Das wäre das letzte Mal gewesen, wo sie sie gesehen hätte. Und warum ist sie nicht gefahren?, sagt Bella. Troubles mit ihrem Freund, sagt John, wie immer. Ich hab sie seit dem Begräbnis nicht mehr gesehen, sagt Bella, ich muss sie unbedingt einmal besuchen fahren.

Die Kinder sind jetzt fünf und sieben, sagt Bella. Warum sind sie nicht mitgekommen?, sagt John. Sie wollten baden gehen, bei der Hitze, sagt Bella. Sie sagt: Wir sind ja nur zwei Tage in Venedig. Sie sagt: Aber Glenn hat bedauert, dass er dich wieder nicht kennenlernt. Sie sagt: Du hättest nach Venedig kommen sollen. Tut mir leid, sagt John, aber ich hab nur die drei Stunden. Ich bin nicht auf Urlaub hier. Ich muss arbeiten. Ich weiß, sagt Bella, aber jetzt sind wir uns einmal so nah, wenn man an die Entfernung Den

Haag–Baltimore denkt, und es gelingt wieder nicht. John sagt: Schade, dass er nicht bei Mamas Begräbnis war. Sicher, sagt Bella, aber das wäre unmöglich gewesen, das hab ich dir erklärt. Ja, ich weiß, sagt John. Bella sagt: Die kleinen Kinder, die weite Reise und dann noch so ein Begräbnis mit kleinen Kindern. Abgesehen davon war Glenn zu der Zeit gerade in Washington, irgendwelche entscheidenden Gespräche auf Regierungsebene.

Unser neues Haus solltest du sehen, sagt Bella, es ist riesig und mit einem tollen Garten. Wie du es dir immer gewünscht hast, sagt John, oder? Ja, sagt Bella. Und wie es sich Mama immer gewünscht hat, sagt John. Ja, sagt Bella. Sie sagt: Du wirst es nicht glauben, aber ich habe an sie gedacht, als wir es gekauft haben. Sie sagt: Sogar jetzt, wenn ich so durchs Haus gehe, denke ich plötzlich, ganz plötzlich kommt das, aus heiterem Himmel: Das wäre ein Haus für Mama gewesen.

Du musst uns unbedingt einmal besuchen kommen, sagt Bella, mit deiner Freundin. Ich weiß nicht, warum du nie kommst. Ich hab es mir schon vorgenommen, sagt John. Ist das wahr?, sagt Bella und schaut ihm in die Augen. Was ist los mit dir?, sagt sie. Was soll denn los sein mit mir?, sagt John. Sie sagt: Du warst doch sonst nie so reisefaul, du warst doch sonst immer so neugierig auf alles.

Es beginnt zu tröpfeln. Die Gäste an den vorderen Tischen stehen auf, nehmen ihre Gläser und Teller und gehen hinein. Bin ich froh, sagt Bella, wir können sitzen bleiben. Siehst du, sagt John. Ja, sagt Bella, war eine weise Entscheidung von dir, diesen Tisch zu nehmen. Du hättest immer schon mehr auf deinen Bruder hören sollen, sagt John. Hab ich doch sowieso immer getan, sagt Bella, oder etwa nicht? Es beginnt zu schütten. Kellner stürzen heraus und räumen in Windeseile das restliche Geschirr von den Tischen.

Bella lacht und sagt: Ja, ich habe das Ärgste befürchtet. Sie sagt: Du weißt ja, wie Mama war, ein falscher Blick, eine kleine Unfreundlichkeit, und die hat noch so unbeabsichtigt sein können, und schon war sie zugeknöpft bis oben hin. Und dann war es so gut wie unmöglich, sie wieder aufzuknöpfen. John lacht. Ja, sagt er. Einmal beleidigt, immer beleidigt, sagt Bella. Na, so schlimm war es auch wieder nicht, sagt er. Doch, sagt sie. Sie sagt: War einer einmal unten durch bei ihr, war er immer unten durch. Aber Glenn hat ihr vom ersten Augenblick an gefallen, gleich bei der Ankunft am Flughafen, sagt Bella, sie hat ihn süß gefunden. Bella sagt: Bei jeder Gelegenheit hat sie gesagt, richtig *sweet,* dein Glenn. Das Wort *sweet* hat ihr so gut gefallen, dass sie mir schon auf die Nerven gegangen ist mit ihrem *sweet*. Aber dass du nicht zu meiner Hochzeit gekommen bist, sagt Bella, das verzeih ich dir immer noch nicht. Auch Mama hat dir das nie verziehen.

Es donnert ununterbrochen und es regnet weiter heftig. Leute rennen über den Platz. Der Kellner bringt die Nachspeise und eine neue Karaffe mit Wein. Bella schenkt sich ein und trinkt. Du musst noch fahren, sagt John. Ach was, sagt Bella, nach dem vielen Essen spüre ich überhaupt nichts. Weißt du, sagt sie, dieses Leben in Europa bin ich nicht mehr gewöhnt. Sie sagt: Dieses lange, ausgiebige Essen, dieses Sitzenbleiben, Weintrinken. Das fehlt mir manchmal echt, sagt sie.

Erinnerst du dich an das Gewitter am Sommersbergersee,?, sagt sie. Wie wir hastig unsere Badesachen zusammengepackt haben und im Platzregen zum Gasthaus gelaufen sind. Es waren nur ein paar Schritte zum Gasthaus, aber wir waren patschnass. Und du hast dir vorm Eingang die Badehose ausgezogen, um dir was Trockenes anzuziehen, und zwei alte Tanten haben sich darüber aufgeregt. Bella sagt: Ich kann mich eigentlich selber gar nicht so genau erinnern daran, da war ich acht oder neun, aber Mama hat das immer erzählt. Ja, sagt John, ich kann mich auch nur dunkel erinnern. Aber gut erinnern kann ich mich an die Schweinsbraten, die wir dann alle gegessen haben, und dass ich einen zweiten wollte. Genau, sagt Bella, warst du verfressen! Er hat mir eben geschmeckt, sagt John, und nach dem Baden war mein Hunger immer am größten.

Bella sagt: Warst du eigentlich jemals wieder dort? Am Sommersbergersee?, sagt John. Ja, sagt Bella, am Grundlsee? Nein, sagt John, das letzte Mal, als ich das Haus verkauft habe. Steht es überhaupt noch?, sagt Bella. Das Haus?, sagt John. Ja, sagt Bella. Keine Ahnung, sagt John. Müsste eigentlich schon, sagt Bella. Eigentlich schon, sagt John. War ja noch gut in Schuss, sagt sie. Ja, sagt er, abgesehen von ein paar Kleinigkeiten. Und der Käufer wollte es ja so, wie es ist, sagt sie, oder? Ja, sagt John, es hat ihm gefallen. Er hat gesagt: So ein Haus im Salzkammergut hab ich immer schon wollen. Dann wird es ja noch stehen, sagt sie. Sicher, sagt John. Dann könnte ich es mit Glenn und meinen Kindern direkt einmal besichtigen fahren, sagt sie. Vielleicht kannst du es sogar mieten, sagt John. Das würde ich sicher nicht, sagt Bella. Auch wenn es zu mieten wäre?, sagt John. Bella sagt: Ich glaube nicht, dass ich es noch einmal betreten könnte. Warum denn nicht?, sagt John. Er sagt: Innen sieht es sicher noch genauso aus. Umso schlimmer, sagt Bella. Sie sagt: Eigentlich weiß ich nicht, was schlimmer wäre: dass es innen genauso aussieht wie in unserer Kindheit, oder dass es ganz anders aussieht.

Bella sagt: Wie du es verkauft hast, warst du da noch einmal im Haus? Nein, sagt John. Er sagt: Ich hab dem Makler gesagt, er soll es verkaufen, wie es ist, mit allem drum und dran. Er sagt: So haben wir es ja auch ausgemacht, oder? Ja, sagt Bella, aber ich hab mir gedacht, du warst mit dem Makler vielleicht doch noch einmal drinnen, um zu schauen, ob noch etwas da ist, was du mitnehmen willst. Was hätte ich da noch mitnehmen wollen?, sagt John. Er sagt: Es war ja nur unser Ferienhaus. Es war ja nur das drin, was wir in den Ferien gebraucht haben. Der Kellner fragt, ob sie noch Kaffee wollen. Gern, sagt John, du auch? Unbedingt, sagt Bella, und zwar einen Espresso, wie ihn Papa gern getrunken hat.

Ich stehe in einem dunklen Raum, mit einem Glas Milchshake in der Hand und einer Serviette, erschrocken, vor dem leeren Bett meines Sohnes.

Du schaust gut aus, sagt Bella, als sie sich in Bewley's Café in der Grafton Street treffen. Du auch, sagt Lili. Dicker bin ich geworden, sagt Bella. Sie umarmen sich noch einmal. Ach, was, sagt Lili, wir sind alle irgendwas geworden, was wir nie waren. Sie sagt: Was trinkst du? Hier ist Selbstbedienung.

Ja, sagt Bella, ich hab auch gehofft, wir könnten uns endlich einmal zu dritt treffen. Du weißt, wie oft ich das vorgeschlagen habe, sagt Lili. Ja, sagt Bella, wir haben alle viel zu tun. Aber einmal hätte es doch gelingen müssen, sagt Lili, in den letzten dreißig Jahren, außer bei Mamas Begräbnis, oder? Das ist doch ein Witz. Sie sagt: Wieso ist das nie gelungen? Bella sagt: Ich war ja immer wieder da in Europa, aber einmal hast du keine Zeit gehabt, einmal hat John keine Zeit gehabt. Außer das eine Mal in Triest. Das war auch das letzte Mal, wo ich ihn gesehen hab. Ich bin von Terminen abhängig, die nicht ich mache, sagt Lili. Jaja, sagt Bella, ich weiß, du brauchst dich nicht zu verteidigen. John hätte da viel leichter disponieren können, sagt Lili, bei seiner Firma hätte er sich immer freinehmen können. Wir sind alle gleich schuld, sagt Bella, wir haben es einfach verschlampt. Ich nicht, sagt Lili, John hat es verschlampt. So leicht war es für John auch nicht, sagt Bella, das wissen wir jetzt, oder?

Lili beginnt plötzlich zu weinen. Was ist?, sagt Bella. Sie ist überrascht. So einen abrupten Ausbruch von Tränen hat sie bei Lili seit ihrer Kindheit nicht mehr erlebt. Was ist los?, sagt sie. Ich weiß nicht, sagt Lili. Sie nimmt die zerknüllte Serviette von ihrem Kuchenteller und wischt sich die Tränen ab. Brösel fallen heraus und auf den Tisch. Sie sagt: Das ist doch absurd mit John, oder? Wegen John weinst du?, sagt Bella. Lili sagt: Das ist jetzt ein Jahr her, dass das mit John passiert ist, und noch kein einziges Mal hab ich deswegen geweint. Und jetzt plötzlich ... Sie unterbricht sich und weint in die Serviette. Bella hört nur ein leises Schniefen, aber Lilis Schultern zittern immer wieder heftig. Bella rückt zu ihr und legt ihr den Arm um die Schulter. Sie wischt ihr die paar Brösel weg, die von der Serviette an ihrer Wange hängen geblieben sind. Lili sagt: Er hat mich genervt, echt. Sie sagt: Seit ich mich erinnern kann, hat er mich genervt. Du ihn aber auch, sagt Bella. Ja, sicher, sagt Lili. Aber er mich mehr, sagt sie, er war der Ältere, er hätte sich zurückhalten können, aber er hat sich nie zurückgehalten. Sie sagt: Ich war echt froh, wie er weg ist von daheim. Sie sagt: Er war ein Arschloch, aber er war mein Bruder. Und weißt du, sagt Lili, das Idiotische ist, er ist mir abgegangen. Sie sagt: Ich bin in Brüssel gesessen und hab mir nicht nur einmal gedacht, wenn jetzt John da wäre. Sie sagt: Ich hab mit meinem Freund gestritten und hab mir gedacht, mit John würd ich jetzt echt lieber streiten. Sie sagt: Das hat mich richtig erschreckt, dass ich mich plötzlich nach meinem Bruder gesehnt hab. Sie sagt: Aber zum Anrufen hat es komischerweise nie gereicht. Da hätt ich mir lieber die Zunge abgebissen.

Lili sagt: Ich versteh es bis heute nicht. Er war doch ein toller Schwimmer. Die Strömung, sagt Bella, ich hab's dir doch gemailt. Die Strömung hat ihn hinausgetragen. Sie sagt: Da kann man schwimmen, wie man will. Da kann man der beste Schwimmer sein. Wenn dich die Strömung hinauszieht, dann bist du verloren. Wieso hat er das nicht gewusst, sagt Lili, er hat doch sonst immer alles gewusst? Er hat es nicht gewusst, sagt Bella. Gibt es da keine Warntafeln?, sagt Lili. Sicher, sagt Bella, bei Tag gibt es die rote Fahne, da weiß jeder, da darf man nicht hinausschwimmen. Sie sagt: Bei Tag gibt es auch eine Strandaufsicht, die holt dich herein, wenn du trotzdem hinausgeschwommen bist. Da schwimmt dir einer mit einem Rettungsring nach, der an einem Seil befestigt ist, und du wirst an Land gezogen. Bella sagt: Aber John, der Idiot, ist bei Nacht hinausgeschwommen, und noch dazu besoffen. Das war in Biarritz?, sagt Lili. In Anglet, sagt Bella. In Anglet?, sagt Lili, ich hab gedacht, in Biarritz. Anglet ist bei Biarritz, sagt Bella. Lili sagt: Das heißt, er war draußen, er wollte zum Ufer zurück, ist geschwommen und geschwommen und hat feststellen müssen, dass das Ufer nicht näher kommt, sondern dass es sich entfernt. Ja, sagt Bella, so stelle ich mir das vor. Eine schaurige Vorstellung, sagt Lili. Ja, sagt Bella. Aber er wird doch geschrien haben, sagt Lili. Sicher, sagt Bella, sicher wird er geschrien haben, denke ich zumindest. Sie sagt: Aber die Wellen des Atlantik sind laut, wenn sie ans Ufer klatschen. Da hört dich niemand. Und die Freunde?, sagt Lili. Haben es bemerkt, sagt Bella, aber zu spät. Sie sagt: Die werden sicher gedacht haben, er schwimmt eben lang. Bella sagt: Jeder hat gewusst, er ist ein guter Schwimmer und schwimmt gern. Sie sagt: Eine Stunde später waren die Hubschrauber ja da und die Motorboote, aber John war verschwunden. So ein blöder Hund, sagt Lili, so gescheit und so blöd. Sie sagt: Wann wird er gespürt haben, jetzt ist keine Hoffnung mehr, jetzt komm ich nicht mehr zurück, weiter reicht meine Kraft nicht, jetzt gehe ich unter, jetzt ist es aus? Was hat er sich da gedacht? Lili sagt: Und du bist sicher, dass es kein Selbstmord war? Nie und nimmer, sagt Bella, du kennst doch John. Sie sagt: Wenn sich einer, der so gut schwimmen kann wie John, umbringen will, geht er doch nicht ins Wasser. Der erschießt sich. Ich meine ja nur, sagt Lili. Sie sagt: Rosig war sein Leben ja nicht mit der Frau. Nein, sagt Bella. Erst nach seinem Tod ist mir klar geworden, warum er uns nie besucht hat, in Baltimore. Sie sagt: Mit seiner Frau hätte er nicht kommen können, und allein lassen in Den Haag hätte er sie auch nicht können. Darum auch seine ständigen Absagen, sagt Lili. Sie sagt: Mama hat ja damals, als wir uns getroffen haben in Amsterdam, auch nicht nach Den Haag fahren dürfen. Lili sagt: Wir hätten uns doch damals leicht in Den Haag treffen können, und Mama hätte doch leicht bei ihnen übernachten können, anstatt sich ein Hotel in Amsterdam zu nehmen. Lili sagt: John hat gesagt, sie bauen um, deswegen geht's nicht. Aber du hast sie doch gesehen, Johns Freundin, sagt Bella, oder? Du warst doch bei ihnen auf Besuch? Sie war ziemlich komisch, sagt Lili, ich hab geglaubt, sie ist nur eifersüchtig und herrschsüchtig, aber dass sie auch rauschgiftsüchtig ist, auf die Idee wäre ich nie gekommen. Und er hat es vor uns allen auch wunderbar zu verbergen gewusst, sagt Bella. Sie sagt: Warum er nur bei ihr geblieben ist. Sie sagt: Er muss sie ziemlich geliebt haben. Glaube ich nicht, sagt Lili, vielleicht anfangs. Sie sagt: Vergiss das Kind nicht. Deshalb ist er bei ihr geblieben. Gut möglich, sagt Bella, was wissen wir.

Sie sagt: Wie alt wird es jetzt sein? Sie lächelt und sagt: Unsere Nichte. Wie alt wird unsere Nichte jetzt sein? Um die fünfzehn, sagt Lili. Sie lächelt auch und sagt: Unsere Nichte müsste jetzt um die fünfzehn sein. Die hast du aber nie gesehen, sagt Bella, oder? Nein, sagt Lili, ob die noch bei der Mutter ist? Wie heißt sie denn überhaupt?, sagt Bella. Die Mutter?, sagt Lili. Nein, unsere Nichte, sagt Bella. Keine Ahnung, sagt Lili. Und die Mutter, sagt Bella, weißt du, wie die heißt? Nein, sagt Lili. Sie sagt: John hat ihren Namen sicher einmal erwähnt. Aber du kannst mich schlagen, ich weiß es nicht mehr.

Die Kuchen sind doch sehr gut hier, sagt Lili, oder? Exzellent, sagt Bella. Sie gehen auf der Grafton Street Richtung Stephen's Green. Mama und Papa waren doch auch einmal hier in Irland, sagt Lili, oder? Ja, sagt Bella, vor unserer Geburt. Sie sagt: Soviel ich weiß, haben sie im Süden gewohnt, in Cork. Genau, sagt Lili, aber hier werden sie doch auch gewesen sein, in Dublin. Sicher, sagt Bella, Mama hat auch einmal erzählt davon. Lili sagt: Sie hat einmal erzählt von einer Toten in einem irischen See. Kannst du dich erinnern, was für ein See das war?, sagt sie. Nein, sagt Bella.

Sie gehen durch den Park. Es beginnt leicht zu regnen. Wo könnten sie hier gewohnt haben?, sagt Bella. Sie spannt ihren Schirm auf. Sie sagt: Durch diesen Park sind sie sicher auch gegangen. Sicher, sagt Lili, alle, die Dublin besuchen, gehen durch diesen Park. So wie wir, sagt Bella lachend.

Lili zeigt auf das Shelbourne Hotel außerhalb des Parks. Das ist ein berühmtes Hotel, sagt sie. Dort werden sie sicher nicht gewohnt haben, sagt Bella. Nein, sagt Lili, aber dort gibt es einen Tea Room. Der ist genauso berühmt. Sie sagt: In dem könnten sie gesessen sein. Sie sagt: Wollen wir? Bis der Regen vorbei ist?

Sie bestellen sich Tee. Sehr gediegen, sagt Bella und schaut sich um. Old Ireland, sagt Lili. Also, ich bin überzeugt davon, sagt Bella, da ist Mama todsicher gesessen. Übrigens, sagt Lili, weißt du, dass Mama eine Affäre gehabt hat. Nein!, sagt Bella, mit wem? Mit einem gewissen Pierre, sagt Lili. Woher weißt du das?, sagt Bella. Sie sagt: Mama, eine Affäre. Das kann ich mir überhaupt nicht vorstellen. Lili sagt: Ich hab mir doch einige Papiere mitgenommen, Fotos und Briefe, als ich in Wien war die Elternwohnung auflösen. Ich hab dir geschrieben davon. Ja, sagt Bella. Und die hab ich mir unlängst genauer angesehen, sagt Lili. Sie sagt: Da war ein Brief von einem Pierre. Und was ist da dringestanden?, sagt Bella. Dass er die schönste Nacht seines Lebens mit ihr verbracht hätte. Nein!, sagt Bella. Die schönste Nacht? Ja, sagt Lili. Sie sagt: Und dass sie unbedingt zu ihm nach Paris kommen soll. Dass er geschäftlich nach Nizza muss, und dass er sie da unbedingt mitnehmen möchte. Das gibt's doch nicht, sagt Bella, die Mama! Und ist sie gefahren? Das weiß ich nicht, sagt Lili, das steht nicht dabei. Wann war denn das, sagt Bella, wie wir schon da waren? Ja, sagt Lili, das heißt, es waren Ferien, da waren wir nicht da. Und Papa?, sagt Bella. Der war sicher im Fernen Osten, sagt Lili. Sie sagt: Sonst hätte Mama kaum eine Nacht ausbleiben können, oder?

Vielleicht eine Vergeltungsaktion, sagt Bella. Eine Vergeltungsaktion, sagt Lili, für was? Na, für Papas Sidestep, sagt Bella. Was für ein Sidestep?, sagt Lili. Weißt du das nicht?, sagt Bella. Nein, sagt Lili. Hast du das damals nicht mitbekommen?, sagt Bella. Nein, sagt Lili, da war ich sicher noch zu klein. Sie sagt: Willst du damit sagen, Papa hat Mama betrogen? Ja, sagt Bella. Mit wem denn?, sagt Lili. Mit einer aus dem Büro, sagt Bella, mit einer Susanne. Sie sagt: Ich glaub, sie hat Susanne geheißen. Jedenfalls war öfter die Rede von einer Susanne. Die Papa auch immer begleitet hat auf seinen Geschäftsreisen. Sie sagt: Bis Mama dahintergekommen ist und ihm vor Wut seinen Laptop nachgeworfen hat. Dann hat sie ihn nicht mehr begleitet. Irre, sagt Lili, diese Eltern! Sie sagt: Davon hab ich überhaupt nichts mitbekommen. Bella sagt: Mama hat geglaubt, ich bekomme auch nichts mit. Aber die paar giftigen Bemerkungen, die sie gemacht hat, in Papas Richtung, und die Stimmung, die geherrscht hat, haben genügt. Ich hab gleich gewusst: Da geht's um eine andere Frau.

Lili sagt: Jetzt erinnere ich mich an etwas, das Mama einmal gesagt hat. Da hat Papa noch gelebt. Sie hat gesagt: Ich hätte etliche Möglichkeiten gehabt, und nicht die schlechtesten, aber euer Papa war die beste. Das hat sie gesagt?, sagt Bella. Ja, sagt Lili. Sie sagt: Ob sie diesen Pierre damit gemeint hat?

Natürlich wäre Glenn gern mitgefahren, sagt Bella. Sie sagt: Er hat sich so gefreut auf die Reise. Aber die Operation ist doch gut gegangen, sagt Lili, oder? Ja, sagt Bella. Sie sagt: Aber er ist angeschlagen. Er ist nicht mehr so wie früher. Sie sagt: Irgendwie hat ihm die Operation das Genick gebrochen. Und dein Sohn, sagt Lili, wie lang ist der schon in London? Ein Jahr, sagt Bella, und er will noch ein Jahr bleiben. Sie sagt: Wenn er nicht überhaupt dort bleibt. Und es geht ihm gut?, sagt Lili. Sehr gut, sagt Bella, David hat eine schöne Wohnung in Kensington. Du hast bei ihm gewohnt?, sagt Lili. Ja, sagt Bella. Sie sagt: Ich wäre gern länger geblieben, David hat auch gesagt, ich soll bleiben. Aber Glenn, er macht mir Sorgen, er ist so komisch am Telefon. Sie sagt: Eigentlich ist er schon komisch, seit Alice ausgezogen ist. Sie sagt: Sie hat voriges Jahr nach L.A. geheiratet.

Sie stehen an der Kreuzung vor dem Trinity College. Lili zeigt hinüber und sagt: Das ist das Trinity College. Sie sagt: Möchtest du hinein? Ich bin müde, sagt Bella, vielleicht beim nächsten Mal. Sie sagt: Du hast mir noch gar nichts von dir erzählt. Sie sagt: Was macht dein Freund? Du hast doch einen Freund, oder? Da gibt es nicht viel zu erzählen, sagt Lili, Marek ist polnischer EU-Abgeordneter, und wir verstehen uns gut. Das ist die Hauptsache, sagt Bella. Ja, sagt Lili, endlich einer, der mir nicht auf die Nerven geht. Dir sind ziemlich viele auf die Nerven gegangen, sagt Bella, seit du in Brüssel bist, oder? Das sind ja auch die letzten Männer, die bei der EU, sagt Lili, dürfen endlich weg von daheim, von ihren Ehefrauen und Kindern, und was wollen sie den ganzen Tag? Nichts als ficken. Sie sagt: Nach drei Wochen haben sie den moralischen Katzenjammer, und dann sind sie unausstehlich.

Auf der Ha'penny Bridge sagt Lili: Eigentlich hätte ich gern mehr Ruhe im Leben. Sie sagt: Eigentlich würde ich gern weg von Brüssel. Aber wo soll ich hin? Sie sagt: In Wien ist niemand, zu dem ich fahren könnte. Was soll ich in Wien? Sie sagt: Nirgendwo ist wer. Zu mir kannst du fahren, sagt Bella. Ja, auf Besuch, sagt Lili. Auf Besuch kann ich auch nach Wien fahren. Sie sagt: Vielleicht heirate ich Marek. Er hat ein schönes

Haus in Polen. Will er denn?, sagt Bella. Die Polen sind immer noch grässliche Katholiken, sagt Lili, die wollen immer. Und Marek hat noch nie. Bella lacht. Lili lacht auch. Aber es ist so, sagt sie. Sie sagt: Mit Kindern ist es sowieso vorbei. Da möchte ich wenigstens einen Mann haben im Alter.

Ob Mama und Papa auch über diese Brücke gegangen sind?, sagt Bella. Das gehört zum Programm, sagt Lili, alle, die nach Dublin kommen, gehen durch den Park am Stephen's Green und gehen über diese Brücke. Sie sagt: Ich war schon oft hier in Dublin, aber über diese Brücke gehe ich jedes Mal wieder, als ob ich mir hier ein Plätzchen einrichten wollte.

Hast du nicht gesagt, du hast noch einen Termin?, sagt Bella. Den hab ich abgesagt, sagt Lili. Sie sagt: Auf morgen verschoben, wenn du schon im Flugzeug sitzt. Sie sagt: Denn wie oft sehe ich meine Schwester schon, die ausgerechnet nach Amerika hat heiraten müssen. Gibt es denn in Wien keine Männer? Sie sagt: Wo du doch immer die warst, die sich am wenigsten hinausgerührt hat. Ja, sagt Bella lachend, das hätte ich mir auch nie träumen lassen. Sie sagt: In Wirklichkeit wollte ich nie weg von Wien. Vielleicht kommst du nach Wien zurück, sagt Lili. Sie sagt: Das machen viele, wenn sie wieder allein sind, im Alter dorthin zurückkehren, wo sie hergekommen sind. Gut möglich, sagt Bella. Sie sagt: Du hast recht. Irgendwie würde mich das reizen. Eine Wohnung im neunten Bezirk wäre schön. Ausgerechnet im neunten?, sagt Lili. Da hab ich gute Erinnerungen, sagt Bella. Und wer zurückkehrt, kehrt doch immer zu Erinnerungen zurück, sagt sie, oder?

Dass hier einmal auch die Sonne scheint, sagt Bella und schaut in den Himmel. Hier scheint oft die Sonne, sagt Lili, aber nicht lang. Erinnerst du dich, sagt Bella, wie wir uns ausgemalt haben, wer wen heiraten wird? Ja, sagt Lili, das war an dem kleinen Strand am Grundlsee. Sie sagt: John hat unbedingt am Grundlsee bleiben wollen. Wegen dem Elektrobootfahren, sagt Bella. Genau, sagt Lili, das hat er aber nicht gesagt. Er hat nur gesagt: Heute will ich hier baden. Ja, sagt Lili, und wie wir gesagt haben, nein, wir wollen nicht, wir wollen an den Sommersbergersee, denn am Grundlsee ist das Wasser viel zu kalt, hat er gesagt: Mir ist es hier nicht zu kalt. Und er ist auch gleich ins Wasser, sagt Bella, heroisch. Und wie heroisch!, sagt Lili. Sie sagt: So schnell geschwommen ist er nie, so gefroren hat er. Aber er ist geschwommen, sagt Bella. Und wollt überhaupt nicht mehr heraus, sagt Lili. Ja, sagt Bella, nur um zu zeigen, dass ihm überhaupt nicht kalt ist im Wasser. Und da haben wir gesagt, so einen dummen Menschen wollen wir nicht heiraten. Genau, sagt Lili, und ich hab gesagt, ich will Papa heiraten. Und ich habe gesagt, den heirate ich schon, sagt Bella. Richtig angeschrien haben wir uns, sagt Lili, war das komisch. Das war sehr komisch, sagt Bella.

Aber woran ich mich unlängst erinnert habe, sagt Lili, wie traurig ich war, als wir im Haus am Grundlsee jeder ein eigenes Zimmer haben wollten. Sie sagt: Du hast bestanden darauf, wenigstens im Haus am Grundlsee, wo ja genug Platz war, ein eigenes Zimmer zu haben. Du hast aber auch drauf bestanden, sagt Bella. Ja, natürlich, sagt Lili, ich hab ja auch ein großes Mädchen sein wollen. Aber ich war noch ein kleines Mädchen. Sie sagt: Ich war deine kleine Schwester, und du hast mich allein gelassen. Ich hab dich doch nicht allein gelassen, sagt Bella. Du hast mich allein gelassen, sagt Lili. Sie sagt: Es war eine Freundin von dir zu Besuch, und du hast dich nur um sie gekümmert. Sie sagt: Warum bist du mit ihr dauernd in deinem neuen Zimmer gesessen und nicht auch bei mir? Das fragst du jetzt?, sagt Bella. Ja, sagt Lili. Nein, sagt Lili, das hab ich damals gefragt, und du hast es bis heute nicht beantwortet. Das hast du damals gefragt?, sagt Bella. Natürlich nicht ausdrücklich, sagt Lili. Sie sagt: Du bist nicht zu mir gekommen. Du hast mich allein in einem leeren Zimmer sitzen lassen, von dem es geheißen hat, das ist jetzt mein Zimmer. Aber es war nicht mein Zimmer. Lili sagt: Es war ein fremdes Zimmer, wie jedes Zimmer, in dem ich allein ohne dich hab schlafen müssen. Aber Lili, sagt Bella, du kannst mir doch jetzt keinen Vorwurf machen. Mache ich aber, sagt Lili. Sie sagt: Damals habe ich dir den Vorwurf nicht machen können, so mache ich ihn dir jetzt. Aber Lili, sagt Bella und nimmt ihre Hand, wenn ich das gewusst hätte. Lili entzieht ihr die Hand. Sie sagt: Du hast mich verraten. Du sitzt in deinem Zimmer und lachst mit deiner Freundin, ich sitz in einem anderen Zimmer und bin verzweifelt. Du hast mich links liegen gelassen. Ich war plötzlich nicht mehr wichtig für dich. Sie sagt: Nur deine Freundin und dein neues Zimmer, und ich war Luft. Sie sagt: Du wolltest nur deswegen ein eigenes Zimmer, um mich loszuwerden. Das ist doch ein Blödsinn, sagt Bella. Und du bist mich losgeworden, sagt Lili. Sie sagt: Damals bist du mich für immer losgeworden. Sie sagt: Das war das Ende meiner Kindheit.

Vor dem Hotel in der Nähe des Cineplex' in der Mary Street verabschieden sie sich voneinander. Lili verspricht hoch und heilig, im Sommer, wenn sie Urlaub hat, doch endlich nach Baltimore zu kommen. Sie liegen einander in den Armen. Bella, sagt Lili, es war doch schön, wie wir drei noch zusammen waren, oder? Ja, sagt Bella, das war es. Und Mama und Papa, sagt Lili. Ja, sagt Bella, und Mama und Papa.

Ich drücke einen Telefonhörer gegen mein Ohr und eine Frauenstimme sagt: Papa, wann kommst du? Du hast versprochen, in diesem Sommer zu kommen. Ich sitze an einem Tisch, aber es ist nicht mein Schreibtisch im Büro. Es ist überhaupt kein Tisch, auch nicht der Hörer eines Festnetztelefons. Es ist ein Handy, das ich gegen mein Ohr drücke, und ich stehe auf einer Terrasse mit großen hellblauen Fliesen und rundum rauschen die Blätter der Bäume so laut, dass ich kaum etwas hören kann. Ich kann nicht hören, wer am Telefon ist, wer zu mir spricht.

Lieber Johannes, Du wirst Dich wundern, dass ich Dir schreibe. Wir haben uns lang nicht gesehen, zuletzt beim Begräbnis meiner Mutter, bei dem Du mit Deiner Mutter gewesen bist. Unsere Mütter waren, wie Du ja weißt, Schulkolleginnen und später, nachdem sich Dein Vater hat scheiden lassen, auch Freundinnen. Du warst oft bei uns, und am Grundlsee hast Du uns mit Deiner Mutter oft besucht. Du bist der Einzige, der aus dieser Zeit übrig geblieben ist. Der Einzige, der auch Lili gut gekannt hat, und der, soweit ich mich erinnern kann, eine Zeit lang in sie auch verknallt gewesen ist. Leider ist das bei ihr gar nicht gut angekommen, so sehr Du Dich auch bemüht hast. Und ich hab Dich deswegen auch oft aufgezogen, was Dich immer sehr wütend gemacht hat. Ich hab auch einmal gesagt, Du erinnerst Dich vielleicht, hättest Du Lili damals bei der Fischerhütte am Toplitzsee als Kind nicht von der Schaukel gestoßen, würde sie Dich sicher heiraten.

Wenn ich jetzt zurückdenke, habe ich den Eindruck, Du hast Lilis Ablehnung nie ganz verwunden. Wenn ich mich nicht täusche, hast Du noch beim Begräbnis meiner Mutter ein ganz spezielles Interesse an Lili gezeigt. Du bist beim Essen hinterher die ganze Zeit neben ihr gesessen und hast auf sie eingeredet. Ich hab das genau beobachtet. Auch John ist das aufgefallen. Aber vielleicht täusche ich mich. Vielleicht hat sich auch John getäuscht.

Jedenfalls habe ich das starke Bedürfnis, zu jemandem von Lili zu reden. Aber ich will natürlich zu jemandem reden, der mir zuhört, wo ich zumindest das Gefühl habe, das könnte jemand sein, der mir zuhört, der am ehesten etwas von Lili hören will.

Denn Lili ist tot. Und es gibt niemanden mehr, der verstehen kann, was das für mich bedeutet. Außer Dich. Auch wenn Du vielleicht immer noch böse auf sie bist und gekränkt und sie verwünscht hast und verflucht und nichts mehr von ihr wissen wolltest, weil sie Dich abgelehnt hat, so denke ich doch, dass Dich diese Nachricht von Lilis Tod nicht kalt lassen wird und dass Du ein bisschen nachfühlen kannst, was Lilis Tod für mich bedeutet.

Sie ist, wie man so schön sagt, ein Teil meines Lebens. Mit John hab ich meine ersten Lebensjahre verbracht. Ich bin nicht allein in die Welt hineingewachsen. Ich bin mit John in die Welt hineingewachsen. Er war immer schon da mit mir, so wie ich selber immer schon da war mit mir. Und Lili hab ich schon im Mutterleib geliebt. Meine Mutter hat mich immer wieder auf ihren Bauch greifen lassen und mir ausgemalt, was sie da drin hat. Von Anfang an war Lili auch mein Baby. Und das ist sie geblieben. Auch als sie nach Brüssel übersiedelt ist. Auch als ich in die Staaten übersiedelt bin und selber Babys bekommen habe. Meine Babys haben Lili als auch mein Baby nie verdrängen können.

Und jetzt ist es tot, mein Baby. Es traf mich wie ein Prügel auf den Kopf. Denn sie war nicht krank, sodass man sich darauf hätte vorbereiten können. Sie ist mit einer EU-Delegation nach Paraguay geflogen, am Abend spazieren gegangen, von falschen Polizisten gekidnappt, ausgeraubt und ermordet worden. Man hat sie lange nicht gefunden. Man hat lange geglaubt, dass sie noch lebt. Durch Verhaftungen ist man auf ihre Spur gekommen, und am Ende hat man auch den Ort gefunden, wo sie verscharrt worden ist. Sie ist, nach Angaben der Polizei, mit einem Plastiksack erstickt worden.

Lieber Johannes, jetzt, wo ich Dir diesen Brief schreibe, sitze ich wieder im Flugzeug, auf dem Weg nach Warschau. Ich hab die letzten drei Tage in Brüssel verbracht. Ich bin vor dem Haus gestanden, in dem Lili gewohnt hat, in der Rue du Canal, hinter dem Alten Fischmarkt, und hab mir gedacht: Hier hat Lili gewohnt. Aber hinter welchen Fenstern? Und hab mir gedacht: Wieso schaut sie nicht heraus und winkt mir? Und hab mir im gleichen Atemzug sagen müssen: Weil ich zu spät komme. Weil ich immer zu spät komme. Weil immer etwas anderes war, was mich davon abgehalten hat, früher zu kommen. Zuerst das Einrichten der Wohnung in Baltimore. Die Klinik. Die Hochzeit. Dann die Probleme in der Klinik. Dann die Geburt der Kinder. Die Schwierigkeiten von Alice im Kindergarten. Der Unfall von David. Das neue Haus. Dann Glenns Erkrankung. Gerade dass ich nach London konnte, David besuchen. Aber auch das hätte ich nicht tun sollen, denke ich jetzt. Ich hätte bei Glenn bleiben sollen. Ich hab das eine getan, weil es notwendig gewesen ist, und habe das andere versäumt, das auch notwendig gewesen wäre.

Und dann hatte ich noch ein seltsames Erlebnis, das ich am liebsten vergessen würde, weil ich mir dabei sehr dumm vorkomme. Aber es beschäftigt mich, ich muss es erzählen. Denn wie ich so vor Lilis Haus stehe, kommt plötzlich ein Mann heraus, und ich denke sofort: Das ist Papa. Was macht Papa hier? Hat er Lili besucht? Und zugleich denk ich mir: Bin ich verrückt? Wie soll das Papa sein? Das kann nicht Papa sein. Papa ist tot. Aber es ist der gleiche Gang gewesen. Es sind die gleichen Bewegungen der Schultern gewesen. Die Kopfform war ganz die gleiche.

Siehst Du, ich bin auch schon alt geworden, ich sehe Gespenster. Aber vielleicht hängt es damit zusammen, dass ich auch bei Papa zu spät gekommen bin. Ja, ich bin auch bei Papa zu spät gekommen. Überstürzt bin ich damals abgereist nach Amerika, nach der Enttäuschung mit Herrmann. Ohne mich von Papa zu verabschieden. Sicher, ich habe mich verabschiedet, aber zu schnell, zu früh. Gern hätte ich mit ihm noch ein paar Sachen besprochen. Keine besonderen Sachen, aber besprochen hätte ich sie trotzdem gerne mit ihm. Und dort, vor Lilis Haus, als ich diesen Mann gesehen habe und ihm zugesehen habe, wie er langsam, sehr gebrechlich, die Straße hinuntergeht, und ich allmählich begriffen habe, dass das nicht Papa ist, hab ich plötzlich an die Nacht in meiner Klinik in Baltimore denken müssen. Ich hatte Nachtschicht und nichts zu tun, alles war ruhig, ich döste vor mich hin, als mir plötzlich einfiel, dass ich schon lange nicht mehr mit Papa gesprochen hatte, und ich rief sofort in Wien an, und Mama sagte: Papa ist eben abgeflogen, er kommt nächste Woche wieder. Aber er ist nicht wiedergekommen. Ich hab Urlaub genommen und Flugtickets gelöst, um da zu sein, wenn er kommt. Aber er war verschwunden und ist verschwunden geblieben.

Du siehst, Johannes, auch da bin ich zu spät gekommen. Auch zu Mama bin ich zu spät gekommen. Und zu John auch. Zu allem und zu allen komme ich zu spät. Mein ganzes Leben bin ich zu spät gekommen. Auch zu Glenn. Und ich hab mir gedacht, so vor Lilis Haus: Wo werde ich künftig noch überall zu spät gekommen sein? Jetzt bin ich in Brüssel. Aber wo sollte ich sein, um nicht wieder zu spät zu kommen? Was bereitet sich darauf vor, in diesem Augenblick, mir den nächsten Schlag zu versetzen, mich demnächst zu empfangen mit den Sätzen: Du bist wieder zu spät. Du wirst es nie schaffen. Du wirst mich nie besiegen. Wo hast du dich diesmal wieder herumgetrieben? Wo hast du dich diesmal wieder verplaudert?

Tatsache ist jedenfalls, schreibt Bella, dass mein Mann Glenn vor drei Monaten an Prostatakrebs gestorben ist. Er hat Lili auch nicht gekannt, aber er hat mich gekannt, und ich hätte mit ihm über Lili reden können. Und Tatsache ist, dass mich meine Tochter Alice nicht mehr sehen möchte. Ich habe sie nach dem Tod meines Mannes in L.A. besucht, in der Hoffnung, in der Nähe meiner Tochter etwas Ruhe zu finden. Ihr Mann wollte mich nicht im Haus haben, und meine Tochter, die sehr von ihm abhängig ist, letztlich auch nicht mehr. Und Tatsache ist, dass auch mein Sohn David nicht ansprechbar ist. Er lebt jetzt in Cleveland, ist geschieden, und die beiden Kinder, die ich sehr gehofft hatte wiederzusehen, sie haben mich immer erfrischt und ermuntert, leben bei der Mutter, die weder ihn noch mich an die Kinder heranlässt. Sie hat uns mit der Polizei gedroht. Mit David, er ist erst dreißig und ein gebrochener Mann, habe ich nicht einmal über den Tod seines Vaters reden können, geschweige denn über den Tod meiner Schwester Lili.

Ich habe also nur Dich, Johannes, um vom Tod meiner Schwester Lili erzählen zu können und davon, dass ich hier in Brüssel gewesen bin, um Lilis Grab zu finden. Denn ich weiß nicht, wo sie begraben ist. Marek, den sie offenbar doch geheiratet hat, hat ihre Leiche aus Südamerika nach Polen überführen lassen. Aber ich weiß nicht wohin. Ich hab mit Marek einmal kurz telefoniert, aber nichts herausgekriegt, weder über eine Heirat noch über seine Absicht, Lili überführen zu lassen. Alle meine Briefe an die EU sind als unzustellbar zurückgekommen. Auch mein persönlicher

Besuch gestern in der EU-Kommission hat nichts gebracht. Man sagt, Marek habe nach der Katastrophe mit Lili seinen Dienst quittiert und sei nach Polen zurückgekehrt, hätte seine Adresse gewechselt und sei unauffindbar. Ich werde ihn aber finden. Ich werde ihn auftreiben. Egal wo er sich versteckt hat. Er kann sich meinetwegen verstecken, so viel er will. Meine Schwester Lili aber versteckt er mir nicht mit. Dafür werde ich sorgen.

Möglich, dass ich, wenn ich Lilis Grab in Polen gefunden habe, nach Wien komme, um auch das Grab meiner Mutter zu besuchen. Mehr Gräber hab ich nicht mehr zu besuchen in Europa.

Vielleicht fahre ich auch an den Grundlsee. Das habe ich mir schon seit Jahren vorgenommen. Einmal wollte ich mit John fahren, dann mit John und Lili, dann nur mehr mit Lili. Aber eigentlich bin ich mir nicht mehr sicher, ob ich das schaffe, ohne all die, mit denen ich fahren wollte, oder besser gesagt: mit all denen, die nicht mehr mit mir fahren können, vor dem Haus meiner Kindheit zu stehen. Denn der Grundlsee ist mein größtes Grab.

Ich bin erleichtert, als ich höre: Sie hat es geschafft! Sie hat die Matura wirklich geschafft! Meine Frau steht in der Tür, als sie es verkündet, und lacht. Jetzt geh ich zum Friseur, sagt sie.

Meine Enkelin sagt: Nein, das war meine Mutter. Bella hat meine Tante geheißen. Und wer war dann Lili?, sagt ihr Freund. Meine andere Tante, sagt sie. Die Schwester deiner Mutter?, sagt er. Nein, sagt meine Enkelin, die Schwester meines Vaters John. Die an Brustkrebs gestorben ist?, sagt er. Volker, bitte, sagt meine Enkelin, wie oft soll ich dir das noch erklären. Meine Tante Bella ist an Brustkrebs gestorben. Und ist in Polen begraben?, sagt er. Nein, sagt sie, die in Polen begraben ist, ist Lili. Bella ist in Baltimore begraben. Und wer ist jetzt in Südamerika umgekommen?, sagt er. Lili, sagt sie, das war Lili. Sie sagt: Und Lili ist nicht einfach umgekommen, sie ist ermordet worden. Wie?, sagt er. Ich weiß es nicht genau, sagt sie, meine Mutter hat nie viel geredet darüber. Wahrscheinlich auch nicht viel gewusst. Oder nichts mitgekriegt, sagt Volker. Was heißt das, sagt sie, sie hat nichts mitgekriegt? Sie war doch ständig high, sagt er. Sprich nicht so von meiner Mutter, sagt meine Enkelin. Sie macht das Fenster auf. Es zieht, sagt er. Ich hab die Luft gern, sagt sie. Sie sagt: Die Nacht ist schön hier, findest du nicht? Ja, sagt er, ein bisschen kühl. In den Bergen immer, sagt sie.

Miranda, sagt Volker, wen von deiner Familie hast du überhaupt gekannt? Niemanden, sagt Miranda. Wieso nicht?, sagt er. Er sagt: Das ist doch ungewöhnlich, so eine große Familie, und du hast niemanden gekannt. Nein, sagt sie, vielleicht wegen meiner Mutter. Sie sagt: Vielleicht hat sich mein Vater geniert für sie und deswegen niemanden eingeladen. Er ist auch zu niemand hingefahren mit ihr. Hast du nie mit ihm darüber gesprochen?, sagt er. Da war er schon tot, sagt Miranda, wie ich groß genug dafür war. Er ist ertrunken, nicht?, sagt Volker. Ja, sagt sie. Kannst du dich daran erinnern?, sagt er. Dunkel, sagt sie, aber die Erinnerung an das Gefühl der plötzlichen Verlassenheit hab ich immer noch. Sie sagt: Ich hab mich daran gewöhnt, dass er plötzlich nicht mehr da war. Aber in Wirklichkeit hab ich mich nie daran gewöhnt. Und deine Großeltern?, sagt Volker. Nie gesehen, sagt sie. Sie sagt: Ich erinnere mich, dass mir mein Vater immer wieder erzählt hat von ihnen. Er ist sehr an ihnen gehangen. Viel Konkretes weiß ich aber nicht. Ich hab nur den Eindruck, wenn ich jetzt so zurückdenke, er hat gelitten darunter, dass er sie nicht sieht. Sie haben in Wien gewohnt, sagt Volker, oder? Ja, sagt Miranda. Sie sagt: Am besten weiß ich noch, wie das Gesicht meines Vaters ausgesehen hat, als er am Telefon erfahren hat, dass sein Vater abgeschossen worden ist: vollkommen bleich und entsetzt. Ich bin ziemlich erschrocken. Sie sagt: Ich hab geglaubt, jetzt fällt er auch tot um. Abgeschossen?, sagt Volker. Hat er gesagt, sagt sie. War er bei der Luftwaffe?, sagt er. Nein, sagt Miranda, mit dem Flugzeug auf Geschäftsreise. Und wer hat ihn da abgeschossen?, sagt Volker. Keine Ahnung, sagt Miranda, irgendwelche Rebellen in Asien, hat es geheißen.

Sie sagt: Am meisten erzählt hat er immer vom Grundlsee. Und von seinen Schwestern. Mit Bella war er ein Herz und eine Seele und mit Lili hat er immer gestritten. Miranda sagt: Meine Großmutter war anscheinend die Strenge. Sie hat dafür gesorgt, dass alle in der Schule vorankommen. Mein Großvater war der Mildere. Sein Steckenpferd war die Sauberkeit. Ich erinnere mich, dass mein Vater gesagt hat, sein Vater war analfixiert. Volker lacht. Das hast du dir gemerkt?, sagt er. Analfixiert ist doch ein tolles Wort, sagt Miranda, das merkt sich doch jedes Kind. Sie sagt: Ansonsten hat mein Vater darauf bestanden, dass er eine schöne Kindheit gehabt hat. Und dass sich seine Eltern gut verstanden haben.

Volker sagt: Das kann ich von meinen Großeltern nicht behaupten. Auch nicht von meinen Eltern. Sie haben sich scheiden lassen. Aber es geht ihnen gut?, sagt Miranda. Ja, sagt er, beide haben neue Beziehungen, und ich hab ein gutes Verhältnis zu ihnen. Er sagt: Wieso lebst du eigentlich in München und nicht in Holland? Weil meine Mutter aus München war, sagt sie, das weißt du doch. Miranda sagt: Meine Eltern haben sich in Den Haag kennengelernt und sind dort geblieben. Aber ich wollte immer nach Deutschland. Warum nicht nach Wien, sagt er, von wo dein Vater her ist? Ich weiß es nicht, sagt Miranda, vielleicht kommt es noch. Miranda sagt: Ich bin eigentlich nirgends zu Haus. Auch in Den Haag war ich es nie. Und bin es auch in München nicht. Dann wird es ja leicht sein, dich dazu zu überreden, mit mir nach Moskau zu gehen, sagt Volker. Leicht wird es sicher nicht sein, sagt sie, beugt sich hinüber und küsst ihn.

Sie fahren durch Bad Aussee. Es wird dunkel. Eigentlich, sagt Volker, hab ich Hunger. Zuerst Grundlsee, sagt sie. Sie sagt: Dort gibt es sicher auch was zu essen. Sie sagt: Vielleicht ein Restaurant, in dem auch Papa gegessen hat. Du meinst, es gibt dort eine Gedenktafel?, sagt Volker. Natürlich, sagt Miranda, mit der Inschrift: Hier verzehrten John, Bella und Lili ihren hundertsten Schweinsbraten. Sie lachen. Aufpassen, ruft Miranda, fahr nicht so schnell, da sind ja lauter Kurven.

Sie sagt: Theoretisch hätte ich ja meine Ferien hier verbringen können. Wenn deine Mutter nicht gewesen wäre, sagt Volker, oder? Ja, wahrscheinlich, sagt Miranda, wenn meine Mutter anders gewesen wäre. Schade, sagt Miranda, meine Onkel und Tanten und meine Großeltern hätte ich gern noch kennengelernt. Für den Großvater war es zu spät, sagt er. Stimmt, sagt sie. Warst du eigentlich schon einmal in Wien?, sagt Volker. Nein, sagt Miranda, komisch, was? Ja, sagt er, und wo übernachten wir heute? Im Haus meiner Großeltern, sagt Miranda, wo sonst? Und dein Vater und seine Schwestern werden uns morgen das Frühstück ans Bett bringen?, sagt er. Genau, sagt Miranda, so hab ich mir das vorgestellt.

Wo ist denn das Haus jetzt?, sagt Volker. Er hält. Sie stehen auf der Uferstraße des Grundlsees. Es müsste dort vorne sein, sagt Miranda, fahr noch ein Stück. Es ist Nacht geworden. In einigen Häusern ist Licht. Soviel ich weiß, sagt Miranda, ist es direkt an der Straße. An welcher Straße?, sagt Volker. An der Uferstraße, sagt sie. Da sind viele Häuser, sagt er. Miranda sagt: Mein Vater hat irgendetwas von einem Yachtclub erzählt oder von einem Yachthafen. Da waren ein paar Segelschiffe, sagt Volker. Wo?, sagt sie. Da sind wir gerade vorbei, sagt er. Dann zurück, sagt sie. Er fährt zurück bis zum Beginn des Sees. Nein, sagt sie, da ist nichts, nochmal zurück.

Wie sollen wir da in dieser Finsternis ein Haus finden, von dem keiner weiß, wie es aussieht?, sagt Volker. Es ist ein altes Haus aus Holz, einstöckig, und hat eine verglaste Terrasse, sagt sie. Sie sagt: Hier ist der Yachthafen, dann muss es dahinter sein. Ich sehe nichts Altes, Einstöckiges, aus Holz und mit einer verglasten Terrasse, sagt Volker. Er sagt: Ich sehe nur ein paar neue Hotels. Er sagt: Warum hast du unbedingt hierherfahren wollen? Er sagt: Was hast du mit dem Haus überhaupt zu tun? Ich wollte es halt sehen, sagt Miranda. Warum?, sagt Volker. Weil da mein Vater gewohnt hat, sagt sie. Dein Vater hat in Den Haag gewohnt, sagt er, und in Wien. Hier hat er aber besonders gewohnt, sagt Miranda. Sie sagt: Ich will wissen, wie es da aussieht. Sie sagt: Er hat dauernd geredet davon, und ich will sehen, mit eigenen Augen, wovon er geredet hat. Und, sagt Volker, was siehst du? Eine Straße, einen See, Häuser, Hotels. Volker sagt: Hier schaut es doch aus wie überall in den Alpen. Für meinen Vater aber nicht, sagt Miranda. Er fährt an den Straßenrand und bleibt stehen. Für deinen Vater, sagt er, aber du bist nicht dein Vater, und ich bin auch nicht dein Vater. Arschloch, sagt Miranda und steigt aus. Miranda!, ruft er.

Sie geht ein Stück die Promenade entlang und mustert die Häuser auf der anderen Straßenseite. Sie denkt sicher: Hier muss es doch irgendwo gewesen sein. Das Wirtshaus stimmt, der Yachthafen stimmt. Wieso sehe ich kein altes Haus mit einer gläsernen Terrasse? Sie denkt: Hier gibt es doch jede Menge alter Holzhäuser, aber wieso keines mit einer gläsernen Terrasse. Sie denkt: Vielleicht ist es umgebaut worden. Vielleicht haben die neuen Besitzer keine gläserne Terrasse wollen. Vielleicht haben sie neue Teile angebaut. Sie denkt: Aber sicher ist Papa hier, wo ich jetzt gehe, auf dieser Promenade, als Kind herumgelaufen. Hier hat er auf den See hinausgesehen. Hier, in diesem Wirtshaus hat er gegessen, mit seinen Eltern und Schwestern. In diesem Supermarkt war er einkaufen mit seiner Mutter. Oder mit seinem Papa. Und war hier das Strandfest, von dem er erzählt hat, mit dem Geruch von Würsten und Bier? Und das Festzelt, wo könnte es gestanden haben?

Sie bleibt stehen und betrachtet die neuen Hotels. Von Hotels hat Papa aber niemals gesprochen. Hat es die damals überhaupt schon gegeben? Stehen die vielleicht dort, wo früher das Haus war und der Garten mit den alten Bäumen, von dem Papa erzählt hat, mit dem Buschwerk und den dunklen Winkeln, die Papa immer etwas Angst gemacht haben?

Volker lehnt am Kühler des Autos und raucht. Na, sagt er, die Prachtvilla gefunden? Ach, leck mich doch am Arsch, sagt Miranda. Sie steigt ein und knallt die Autotür zu. Fahr endlich!, brüllt sie hinaus. Wohin denn?, sagt er. Keine luxuriöse Übernachtung in der Villa deiner Vorfahren?

Er startet. Er beugt sich zu ihr, um sie zu küssen. Sie dreht den Kopf weg und schaut durch das Seitenfenster hinaus auf den See. Auf der anderen Seite des Sees geht in diesem Moment ein Licht an. Ein Fenster und dann mehrere Fenster des Schlosses sind plötzlich hell erleuchtet. Das Schloss!, sagt sie, genau. Was?, sagt Volker. Nichts, sagt Miranda. Du hast doch etwas gesagt, sagt Volker. Nein, sagt Miranda, ich hab nichts gesagt. Fahr endlich!

Sie liegen nackt auf dem Doppelbett. Und du bist mir nicht mehr böse?, sagt Volker. Er spielt mit ihrer Brustwarze. Hör auf jetzt, sagt sie und schubst seine Hand weg. Er drückt sich an sie und küsst sie. Du bist mir jetzt nicht mehr böse?, sagt er. Nein, sagt Miranda, wie oft sagst du das noch? Bis du mir nicht mehr böse bist, sagt er. Ich bin dir nicht mehr böse, sagt sie. Ist das wahr?, sagt er. Ja, sagt sie, das ist wahr. Lass dir in die Augen sehen, sagt er. Er sagt: Wenn wir gestorben sind, dann möchte ich, dass meine Knochen bei den deinen liegen. Du denkst aber weit voraus, sagt Miranda. Willst du das nicht?, sagt Volker. Doch, sagt sie, aber wieso? Weil jeder Knochen immer noch voll ist von dem Leben, das er gelebt hat, sagt er, und sich nach dem sehnt, den er geliebt hat und mit dem er immer schon beisammengelegen ist. Ist doch logisch, sagt er, oder? Was du redest, sagt sie. Aus welchem Jahrhundert bist du? Sie rollt sich auf ihn. Er rollt sie zurück. Durch die Vorhänge des Hotelfensters schimmert der Morgen.

Bei einem Zwischenstopp auf dem Flughafen von New Delhi steigt meine Mutter zu, sie bekommt den Platz neben mir in der Businessclass, und ich sage zu ihr: Schade, dass du so früh gestorben bist, wir haben doch noch Kinder bekommen. Du hättest dich gefreut. Was?, sagt sie und freut sich. Das muss ich Papa erzählen, sagt sie, küsst mich und steigt aus. Bleib doch noch, rufe ich ihr nach, das Bordmenü kommt!

Meine Tochter, die ältere, wie hat sie geheißen?, ich nenne sie Bella, vielleicht hat sie wirklich Bella geheißen, ist an Brustkrebs gestorben. Das weiß ich noch. Dabei ist Brustkrebs schon zu meiner Zeit eigentlich nicht mehr tödlich gewesen. Sie hat sehr gelitten, das weiß ich. Sie hat das Leben geliebt wie ich. Aber sie hat nicht lange gelitten, das weiß ich auch. Dunkel erinnere ich mich an ihr Gesicht als junge Frau. Das ist das letzte Gesicht, das ich von ihr gesehen habe. Und an das Muttermal an der Wange. Ich stelle mir vor: das Muttermal meiner Tochter irgendwo in der Erde der amerikanischen Ostküste. Den Haarschopf meines Sohnes als junger Mann, hin und her gerollt irgendwo in den Tiefen des Atlantik. Das lachende Gesicht meiner Frau, wie hat es eigentlich ausgesehen, wenn es gelacht hat?, unter den Holzsplittern und Erdbrocken zwischen den anderen Gräbern in Wien. Oder war es in Frankfurt? Sie hat doch auch in Frankfurt gelebt?

Aber wo ist meine Kleinste? Die hab ich vollkommen aus den Augen verloren. Ich hätte sie nicht aus den Augen verlieren dürfen. Ich hab nicht aufgepasst. Aber sie ist sehr viel gereist in den letzten Jahren. Wie hätte ich sie da im Auge behalten können? Zuerst war sie noch in Brüssel, dann irgendwo in Dänemark, in Südfrankreich, in Dubai, zuletzt irgendwo in Südamerika. Hab ich sie da aus den Augen verloren? Wieso war sie dann nirgendwo mehr? Oder war sie doch noch irgendwo? Ist sie in Paraguay begraben? Ich stelle mir vor: die Oberärmchen meiner kleinen Tochter, undeutlich sehe ich sie noch in der ersten Klasse Volksschule im Ballerina-Faschingskostüm mit eingestreuten goldenen Sternchen, zusammengepresst unter der steinigen Erde in Paraguay. War sie überhaupt in Paraguay? Ich weiß es nicht. Es tut mir weh, das nicht zu wissen. Wenigstens wissen möchte ich es. Wenn wir schon nicht alle beisammenliegen. Irgendwie kann ich mich erinnern, dass sich die Kinder einmal gedacht haben, oder habe ich das gedacht?, oder hab ich das gelesen?, dass wir als Familie, weil wir eine Familie sind, alle einmal beisammenliegen würden.

Aber alle kommen aus verschiedenen Welten, die Eltern, die Kinder – man sieht es daran, wie verschieden sie sind, so wie unsere drei verschieden gewesen sind – treffen sich zufällig und verbringen eine gewisse Zeit miteinander, um dann, wenn sie die Zeit fertig miteinander verbracht haben, in ihren verschiedenen Welten wieder zu verschwinden. Wenn man zusammen ist, denkt man, man kann nur ewig zusammenbleiben. Wenn man gegangen ist, denkt man das nicht mehr.

Aber meine Enkelkinder hätte ich gerne kennengelernt. Ich hab doch Enkelkinder, oder? Jedenfalls weiß ich, dass ich sie gern kennengelernt hätte, dass ich ihnen gern von uns erzählt hätte. Dass ich gern gewusst hätte, wie sie aussehen. Sehen sie meinem Sohn ähnlich, meinen Töchtern? Oder mehr der Mutter, den Vätern? Haben sie etwas von meiner Frau? Haben sie etwas von mir? Man sagt doch, Enkelkinder sehen oft den Großeltern ähnlich oder haben bestimmte Verhaltensweisen, den Gang oder Gesten, die an die Großeltern erinnern. Vielleicht haben sie etwas in der Stimme, das an mich erinnert. Ich würde gern noch einmal meine Stimme hören.

Vor allem aber wäre es mir wichtig, dass sie Bescheid wüssten. Irgendetwas, und das weiß ich mit Sicherheit, haben wir falsch gemacht, meine Frau und ich. Irgendwie haben wir nicht Sorge getragen, dass unsere Kinder mehr hätten weitergeben können. Hätte ich alles aufschreiben sollen? Hätte ich Tagebücher schreiben sollen, in denen man später nachlesen kann, wie wir gelebt haben, wie gern wir noch auf der Welt geblieben wären, wie gern wir noch unsere Enkelkinder und Urenkel gesprochen hätten? Hätte ich Romane schreiben sollen? Oder meine Frau? Sie war sprachlich immer begabter als ich. Ich hätte es ihr sagen sollen. Ich hätte sie dazu anhalten sollen. Als die Kinder weg waren, hätten wir genug Zeit gehabt, um mehr von uns zurückzulassen als Gräber. Und nicht einmal die haben wir ausreichend zurücklassen können.

Sonst weiß ich nicht mehr viel. Ich bin doch schon zu lange weg. Ich glaube nur noch mich zu erinnern, dass das Haus an dem See, wie hat er nur geheißen?, mehrmals verkauft und am Ende abgerissen worden ist, dass man beim Entfernen der Möbel ein Plastikfläschchen gefunden hat, mit Staub und toten Insekten gefüllt und mit den Resten eines Aufdrucks von kleinen, bunten Hündchen und einer Schrift. Damit hab ich doch eines meiner Kinder gefüttert, oder? Aber wie kommt es hinter die Möbel? Habe ich es versehentlich nach hinten gestoßen? Hat es eines meiner Kinder dort versteckt? Aber aus welchem Grund?

Aber vielleicht ist es gar nicht unser Fläschchen, hat mit uns überhaupt nichts zu tun. Vielleicht ist mir ein Streich gespielt worden. Es hat doch noch viele Bewohner im Haus gegeben nach uns, auch mit Babys und Fläschchen. Es muss nicht unbedingt unser Fläschchen gewesen sein. Dafür, dass es unseres gewesen sein könnte, spricht nur, dass ich mich daran erinnere. Denn man muss im Leben schon eine besondere Beziehung zu etwas gehabt haben, denke ich, um sich später daran erinnern zu können.

Vielleicht bin ich doch schon zu weit entfernt. Vielleicht geraten die Dinge schon durcheinander. Vielleicht ist doch schon alles zu sehr in Auflösung begriffen. Wahrscheinlich weiß ich bald nicht mehr, wie viele Kinder ich gehabt habe. Ihre Namen und den meiner Frau weiß ich schon längst nicht mehr. Vielleicht weiß ich bald nur mehr, dass es alles nicht mehr gibt. Was natürlich kein Wissen mehr sein wird. Sondern nur ein Zustand, in dem es nichts mehr gibt. Mich selber als mich selber auch nicht mehr. Ein Zustand, den ich mir ganz flach vorstelle, ganz dünn, ganz durchsichtig. Wie eine Frischhaltefolie. Die langsam zerfällt.

Wir werden sehen.

Gustav Ernst
Beste Beziehungen
Roman
212 Seiten, fest gebunden mit Schutzumschlag
€ 21.90
ISBN 978-3-85218-677-1

Lisa und Franz haben zwei nette kleine Kinder und arbeiten auf das gemeinsame Haus hin, deshalb soll Franz sich gefälligst um seine Beförderung bemühen, wie Lisa findet; Jack ist Büroleiter des Wirtschaftsministers und mitten im Wahlkampf, sieht seine Frau selten und seine Affäre gelegentlich; dass Hanno mit Exfrau Sabine und seiner neuen Freundin unter einem Dach wohnt, findet er in Ordnung, aber nur er; und Stöger, der pflichtbewusste Deutschlehrer, will seiner Nichte Pia eigentlich nur Nachhilfe geben ...

Ungefiltert und ungeschönt lässt Gustav Ernst in seinem neuen Roman seine Figuren sprechen. In ihren bestechend authentischen Dialogen schwelt die Abneigung, keimt leise Aggression auf, stumpfen Gefühle allmählich ab und die Moral verfällt. Und dann kommt der Punkt, an dem alles eskaliert.

Gustav Ernst erweist sich in *Beste Beziehungen* als unbarmherziger Autor, der dort weiterspricht, wo andere längst schweigen – und er ist dabei glaubwürdiger, als einem lieb ist.

„... Die Dialoge des Dramatikers Ernst haben es in sich ... mit Präzision und Witz.“
Frankfurter Allgemeine Zeitung, Daniela Strigl

„Der Meister der gepflegten literarischen Hasstirade ist mit neuem Roman zurück. Höchste Empfehlung!“
Falter

„Austrian Psycho, wie es die Welt noch nicht gesehen hat.“
Öl, Ex libris, Klaus Kastberger

www.haymonverlag.at